El amor de Carmela me va a matar

Eduardo González Viaña

Coordinación editorial: Efraín M. Díaz-Horna

Primera edición: Abril del 2010
Modelo: Verónica Short
Fotografía: Peggy Short-Nottage

AXIARA EDITIONS
Salem, Berkeley & Sevilla.

ISBN 1452808953
EAN-13 9781452808956

Impreso en los Estados Unidos de América

En América Latina, el amor por chat es un milagro cotidiano.

Chateando en Bogotá, la bella aunque otoñal Carmela conoce a Chuck Williams, un gringo maduro que parece un actor de cine y está solo en el mundo. Hay inconvenientes, pero todo lo superará Carmela para llegar a San Francisco donde la esperan el amor y el "sueño americano". ¿Qué viene después?...Una novela de intrigas, de ilusiones y de un suspenso absorbente que es imposible cerrar antes de la última página.

González Viaña es un escritor peruano cuyo nombre suele aparecer en todas las informaciones referentes a la inmigración hispanoamericana en los Estados Unidos.

Su novela *El Corrido de Dante* es considerada como un clásico de la inmigración en Estados Unidos. En menos de dos años, ese libro ha tenido cinco ediciones en países e idiomas diferentes. En julio del 2007, fue considerada la mejor novela escrita en español en Estados Unidos y obtuvo el **Premio Latino Internacional de Novela.**

En el 2000, su libro sobre los latinos que viven en los Estados Unidos, *Los sueños de América* traducido al inglés y reeditado doce veces –, obtuvo el **Premio Latino de Literatura de los Estados Unidos.** Antes, en 1999, había recibido el **Premio Internacional Juan Rulfo** por el relato "Siete días en California" incluido en ese libro.

Desde los Noventa, González Viaña reside en los Estados Unidos, donde ha trabajado como catedrático, primero en la Universidad de Berkeley y, desde 1993, en Western Oregon University.

La suya es una forma terca, apasionada de hablar y escribir en español en Estados Unidos y de apostar por la permanencia de este idioma y de su gente.

Su libro *Vallejo en los infiernos* es una de las diez novelas escritas en español más importantes de los últimos veinte años. En *El amor de Carmela me va a matar* nos pone en los zapatos de los inmigrantes y nos hace caminar con ellos hacia el Norte. Es un escritor enorme.

José Manuel Camacho
Universidad de Sevilla

Ya se dice en Estados Unidos que su novela *El corrido de Dante* tendrá para la inmigración la misma importancia que *La cabaña del Tío Tom* tuvo para revelar el rostro temible del esclavismo. *El amor de Carmela me va a matar* combina los boleros de "La Sonora Matancera" con un drama feroz. Su destino es ser un clásico.

José Antonio Mazzotti, Tufts University, Boston

González Viaña consigue al mismo tiempo construir una novela de gran calidad literaria e iluminar la historia con las armas de la sabiduría poética.
Antonio Melis, Universidad de Siena

Es el gran novelista de la inmigración. Su obra es un vigoroso y fascinante ejercicio de la memoria.
Raúl Bueno, Dartmouth College

Una prosa tan perfecta que dan ganas de cantar mientras se lee.
Alfredo Bryce Echenique

El ritmo de la prosa nos captura. González Viaña instala al lector en el ambiente misterioso

de la historia. Se escucha respirar a los personajes.
Adriana Herrera, "El Nuevo Herald", Miami

Índice

I
Subir al cielo en bicicleta

—¿Abuelo, allá arriba se ve a mi abuelita? —dijo la niña.

—No, hijita. Ella ya está en el cielo.

—No, en el cielo no está todavía. Estoy viéndola mientras sube al cielo en bicicleta.

El hombre sonrió. Le dio unas palmaditas en el hombro. Hizo el ademán de alzarla para darle un beso.

—No —protestó la niña—. No me crees. Mírala tú mismo, abuelo.

El aludido volvió a sonreír.

—¿Dónde quieres que la mire? ¿Dónde dices que está?

—Allá arriba, pero no nos ha visto.

El índice de la niña señalaba hacia lo alto de la colina.

El hombre obedeció. Siguió con la mirada la pequeña mano y, por fin, descubrió que, efectivamente, allá, arriba, una mujer de largo cabello blanco trataba de subir hasta la catedral de Saint Mary mientras llevaba su bicicleta con la mano derecha.

Era el final de la tarde en San Francisco. Nunca había brillado tanto el sol sobre California.

Para que la niña no se resintiera, decidió ascender la colina con ella

—Está bien. Iremos a saludarla.

Avanzaron a toda la velocidad que podían ir juntos. Llegaron a unos veinte metros del edificio religioso cuando la señora terminaba de encadenar la bicicleta, se daba un breve descanso y entraba.

—Ya la has visto de cerca. Es una mujer de pelo blanco, pero no es tu abuelita.

La niña hizo un gesto contrariado.

—¡Ya quisiera ser como ella! —añadió el abuelo.

Se dieron la vuelta para emprender el retorno. Si no lo hubieran hecho, habrían descubierto que la mujer de la bicicleta sacaba un bulto de tela que contenía una pistola. Con ella en la mano derecha entró en la iglesia.

La mujer que había sido confundida con una abuelita avanzó hasta llegar muy cerca del altar mayor. Fuera de ella, el templo estaba vacío. Un sacerdote que entró en esos momentos, tomó otra dirección y la eludió. Si la hubiera observado, habría advertido el peligro. Con los brazos extendidos y la cabeza baja, la supuesta devota sostenía un revólver con las dos manos.

Carmela había salido de casa en la madrugada, y ya se acercaba el crepúsculo cuando llegó al Golden Gate. Había pedaleado por las áreas donde eso estaba permitido y había llevado la bicicleta de la mano el resto del tiempo. Pasó media hora a la entrada del gran puente de San Francisco. Con los ojos deslumbrados por el brillo del océano Pacífico, recordó que los 67 metros de caída desde el puente toman unos cuatro segundos, y la persona que salta de allí toca el agua a 120 kilómetros por hora. Así lo había leído en internet.

El Golden Gate reflejaba en el agua su imagen roja y formidable. Generalmente, ese es el primer recuerdo de San Francisco para los inmigrantes que llegan a la gran ciudad de California.

Carmela se retiró del puente y, empujando la bicicleta, ascendió por la colina. Cada vez que miraba hacia arriba, sentía que el templo se hundía en el cielo y que sus torres se iban más arriba de las nubes. Por la gran puerta, todavía abierta a las cinco de la tarde, penetró en Saint Mary of the Asumption, dejó su movilidad junto a la puerta y fue a sentarse en una banca cerca del altar mayor. Indecisa, abandonó el sitio y se sentó en el suelo. Después, cerró los ojos con fuerza como hacen los difuntos para no despertar asustados bajo tierra ni tener sueños malos en la otra vida.

El sol caminaba de occidente a oriente a través de la nave, rebotaba por los techos transparentes y se reflejaba en todas las direcciones. Carmela sintió luces escarlatas bajo su pupila, recordó la soberbia arquitectura y la majestad del templo, y se dijo que era un lugar ideal para morir. Lentamente, como si pesara varios kilos, levantó el revólver.

El sacerdote se dirigió hacia una puerta a la izquierda del altar y, por ella, se marchó. Una muchacha parecida a una estrella de la televisión penetró en esos momentos en el templo.

«El padre no me ha visto. A lo mejor, ya estoy muerta de verdad», quizá se dijo Carmela. Eso la hizo muy feliz porque ya le había perdido el gusto a la vida, aunque su cuerpo continuara arrimado al mundo.

«Veo sin ser vista. Eso hacen los difuntos».

Pero luego se dijo muerta de susto:

«Entonces es cierto. He estado muerta toda la vida. Toda mi vida ha sido un cuento», y recordó que, de niña, durante las clases de catecismo le había preguntado al párroco de Santa Marta cómo es estar muerta. El sacerdote le dijo que hacía muy bien en preocuparse por eso porque todos debemos vivir muriendo, preparándonos para la gran hora. «Esa es la mejor manera de llegar al paraíso», añadió.

Cuando quiso saber cómo era estar en ese sitio, y si se caminaba o se volaba como las abejas, el padre le respondió que ni lo uno ni lo otro.

—Estás allí permanentemente sentada y mirando la cara de Dios.

En Estados Unidos también se había sentido muerta. Los días interminables al lado de Chuck Williams le habían hecho creer que así era estar muerta.

Desde la casa de Chuck había recorrido en bicicleta los kilómetros más largos y peligrosos de su vida. Ahora, sentada en el suelo de la iglesia, se sentía como los difuntos cuando caminan sobre la tierra durante los primeros días de noviembre.

Como se hace cuando se va a morir, todo el tiempo su recuerdo se iba a Colombia y a sus años de la adolescencia.

II

Breakfast at Tiffany's

En Colombia, cuando aun vivía en Santa Marta, su primer enamorado le dijo que se parecía a Audrey Hepburn, y eso a ella le encantó. El «Loco» La Torre había dado en el clavo porque Carmela soñaba con ser Holly, la joven aventurera de Nueva York en la película *Breakfast at Tiffany's*. La relación se rompió en menos de dos semanas porque el «Loco» no era escritor como Paul ni se parecía remotamente en lo físico al personaje caracterizado por George Peppard.

En la novela de Truman Capote llevada al cine, Audrey Hepburn olvida sus ambiciones y goza del amor al lado de su vecino de apartamento. Carmela se veía al lado del Paul que hallara en su vida jugando a ser compradores en una tienda exclusiva de la gran ciudad o caminando transfigurados bajo una lluvia diamantina.

Breakfast at Tiffany's le duró mucho tiempo. En una fiesta de quinceañeras, apareció vestida de color negro, con un collar de piedras falsas y armada de un pitillo y de un larguísimo filtro como su querida Audrey utilizaba. Sus amigas la tildaron de soñadora y le reprocharon que se encarnara en los personajes de los libros y las películas que pasaban por sus ojos. Le hicieron ver que parecía una mujer de la época de sus abuelas aunque ya estaban en la década de 1960.

Hija única, tenía 18 años cuando su padre falleció de un repentino ataque al corazón. Después de ello, ella y su madre dejaron Santa Marta y se fueron a vivir en el tercer piso de un edificio en pleno centro de Bogotá. Para Carmela, entonces, su quimera secreta era encontrar un Paul escritor o artista. Las cumbres de la cordillera oriental se le resbalaban por los ojos y la inclinaban a la contemplación y al retiro, pero George Peppard no aparecía. Su madre insistía en que debía salir de la ensoñación cuanto antes.

Una noche, sin embargo, se metieron por su ventana los altos arpegios de un cantante triste que trabajaba en una discoteca del primer piso. Era argentino y había adoptado el nombre artístico de Flash Ventura.

La fascinaba la forma en que interpretaba «Sabor a mí». Durante noventa noches, esa fue la canción preferida de su repertorio.

> *«Tanto tiempo disfrutamos*
>
> *de ese amor,*
>
> *nuestras almas*
>
> *se juntaron*
>
> *tanto así*
>
> *que yo guardo tu sabor,*
>
> *pero tú llevas también sabor a mí».*

Flash la había visto tomar el ascensor, había averiguado su nombre y no hacía más que cantarle esa canción, algo extraña porque todavía no habían tenido tiempo ni siquiera para conocerse. Además, inclinaba la cabeza con una venia respetuosa y admirativa cada vez que coincidían en el primer piso, pero Carmela no se daba por entendida. Había algo en él que no le gustaba. Eran los anteojos negros que usaba mañana, tarde y noche.

Sin proponérselo, pese a todo, él comenzó a conquistarla. Fue la noche en que entonaba:

«Moon River, wider than a mile,

I'm crossing you in style some day

Oh, dream maker, you heartbreaker,

Where ever you're goin'

I'm goin' your way...».

Era «Moon River». Nada menos que «Moon River», la canción de fondo de *Braekfast at Tiffanny's*. Por la mañana, cuando él le hizo la reverencia, ella preguntó con una sonrisa:

—¿Paul?... Paul.

—Flash —respondió él algo asombrado.

Flash era divorciado, fumaba tres paquetes de cigarrillos negros al día y no le prometió quitarse los anteojos negros que llevaba de forma casi perenne, pero se decidió a conquistarla. La tarea era muy difícil porque Flash no era Paul ni se parecía lejanamente a George Peppard. Aparte de un escritor o un artista, a Carmela le habría gustado encontrar un detective como el asombroso Dick Tracy, quien en todas las películas llevaba un pañuelo amarillo y un reloj que le servía de teléfono. Cualquiera fuera el crimen que le tocara investigar, Tracy entrecerraba los ojos achinados, fumaba, dejaba soltar algunas bocanadas y por fin hacía sonar el dedo medio y el dedo meñique. En los cómics, en ese momento aparecía un foco prendido. Luego avanzaba por las calles más escabrosas de la ciudad y se metía en un edificio poblado de maleantes y peligro. No contaba con el apoyo de la Policía porque el comisario Elmer Days no lo veía bien. Sin embargo, al final, se veía a Dick Tracy arrastrando a dos pillos del cogote.

Flash conocía una prima de Carmela y le rogó que los presentara. Los tres salieron juntos una tarde a tomar un café.

En la mesa Carmela prefirió conversar con su prima. De vez en cuando miraba hacia la silla que ocupaba Flash, pero parecía no verlo como si fuera un hombre transparente.

—¿En quien piensas? —preguntó Flash y, ante el silencio, insistió—: ¿En quién, amiguita?

No hubo respuesta.

—Carmela, contéstale. No seas mal educada.

—¿Estoy obligada?

—Creo que sí. Lo estás. Flash es un amigo.

—¿En quién piensas, amiguita?— Flash insistió.

Carmela respondió:

—No en ti.

Flash cerró los ojos y bajó la cabeza. Parecía vencido. La prima le hizo un gesto a Carmela, pero ella no sintió lástima por el tipo que trataba de conquistarla con preguntas tan idiotas.

De pronto, el muchacho levantó la cabeza, miro a los cielos y dejó escapar el comienzo de una canción.

Carmela se levantó e iba a marcharse, pero la melodía empezó a envolverla. Era la misma que llegaba hasta su ventana todas las noches desde la discoteca del primer piso.

«Tanto tiempo disfrutamos
de ese amor,
nuestras almas

se juntaron
tanto así
que yo guardo tu sabor,
pero tú llevas también sabor a mí».
—Entonces, eras tú...

El músico no respondió.

—Tú eras el músico que cantaba de la discoteca todas las noches.

No hubo comentarios de parte de Flash.

—¿Eras tú?

—No. No era yo.

La chica lo miró extrañada.

—No era yo. Era mi alma.

Flash pagó el consumo, hizo una reverencia a sus dos amigas y se marchó.

Carmela se quedó conversando con su prima y le comentó que ese hombre le parecía muy raro.

—¿Raro? ¿No será que te está interesando?

—¡Ni lo pienses!

—No te gusta porque no se parece a George Peppard.

La muchacha sonrió.

No lo volvió a ver en dos semanas ni tampoco lo escuchó. Comenzó a inquietarse. Fue a ver otra vez a su prima y le preguntó si había sabido algo acerca de Flash.

—¿Y por qué te interesa tanto?

—No me interesa. Lo que pasa es que resulta algo raro que después de haberse pasado cantando tanto tiempo en la discoteca de abajo, haya dejado de hacerlo.

—Tal vez se decepcionó. Tú lo tratabas tan mal.

—¿Tú crees?

—No te preocupes. En algún momento, aparecerá. De todas formas, puede ser que esté triste y se haya marchado de Bogotá.

Ambas se equivocaban. Flash no estaba triste ni se había marchado. Por sus excesos bohemios, la discoteca le había cerrado las puertas, y luego de varias semanas sin trabajo, había logrado empleo en un cabaré sospechoso. Allí se quedó tres meses, con una paga infame que apenas le alcanzaba. Por fin, los dueños de su antiguo trabajo le abrieron las puertas otra vez con la advertencia de que no bebiera demasiado.

Era evidente que Flash era un transformista. Su reingreso a la discoteca contenía un repertorio por completo distinto. Llegó vestido todo de blanco como un mariachi mexicano. Sus botas repicaban con espuelas cuando ingresó en el escenario. El público no lo reconoció al principio. Además, alguno comentó que ese no era el género que se prefería en ese establecimiento.

Flash se quitó lentamente el sombrero blanco y lo colocó sobre una pequeña mesa. Le hizo una seña al guitarrista, quien comenzó con un bordoneo fúnebre. De repente, la voz poderosa del cantante argentino, transformado en mexicano, llenó el escenario, copó la discoteca, invadió el edificio y llegó hasta el oído amado de Carmela:

«De piedra ha de ser la cama,

de piedra la cabecera.

la mujer que a mí me quiera.

me ha de querer de a de veras.

¡Ay, ay, ay,

me ha de querer de a de veras!».

Eso no bastó. A la noche siguiente, Carmela recibió y aceptó una invitación para asistir a la función de Flash. Ella llegó con su prima, se sentó muy erguida la mesa más distante del escenario y declinó la bebida alcohólica que le ofrecía el camarero.

—Pero, señorita, es una cortesía de la casa.

—¡Gracias, no!

Cada una pidió una Coca-Cola.

—Además, preferiría que nos trajera la cuenta. De inmediato, por favor...

De pronto, las luces apuntaron al centro del escenario y allí apareció la imagen de Flash Ventura. Aunque iba a entonar canciones populares, apretaba los dientes y abría los ojos para mostrar el semblante trágico de un cantante de ópera.

Así se quedó durante unos minutos muy largos. Después, levantó la cabeza y la tiró para atrás, extendió los brazos y comenzó a emitir una nota larga, estridente y profunda que parecía el último ay de la muerte, pero no era eso ni ningún otro gemido que Carmela hubiera escuchado. A un camarero se le cayó la bandeja con dos copas que se hicieron trizas. Los sólidos guardaespaldas de la puerta se espantaron y pusieron los ojos en blanco. En la calle, hasta donde llegó el sonido, varios automóviles se detuvieron y sus conductores comenzaron a orar.

Eso fue casi suficiente, pero no lo fue del todo. Los avances de Flash en la conquista de Carmela estuvieron a punto de zozobrar.

Alentada por su prima, la joven había visitado la peluquería con el afán de hacerse un penado más moderno.

—Haz de cuenta que Flash Ventura es el Paul que has andado buscando y que recorres con él la Quinta Avenida de Nueva York. Él lucirá un aspecto bohemio, misterioso, vestido todo de negro, con olor de tabaco fino y provisto de esas gafas que ocultan toda una vida asombrosa. ¿Cómo se te ocurre que aparecerías a su lado? Eres delgada y bonita, pero tu pelo, ¿me permites decírtelo?, parece lamido por una vaca cariñosa.

—Es cierto—confirmó Giannino, el peluquero que visitaron—. Tu cabeza está un poco hundida.

Le miró los zapatos. Los desaprobó.

—Parece que recién estás saliendo de la tierra. Necesitas un par zapatos rojos de taco aguja.

Hizo una uve de la victoria con los dedos y la miró por en medio.

—Te veo con un peinado muy alto, altísimo, modelo Pompadour.

Dudó un instante:

—Voy a hacerte un peinado bombé. Bombé, pero a mi estilo.

La siguió mirando:

—Será cómodo y sobrio, pero conquistarás al hombre que se te ponga enfrente.

El resultado fue un peinado muy poco ortodoxo que hacía parecer a Carmela unos centímetros más alta que el músico.

En sus arranques de virtuoso, Giovanni había agregado al estilo tradicional unas mechas rebeldes de color amarillento.

—¡De color oro, hijita! ¡De color oro!... Harán ver que eres una rebelde.

Ya no aparecía hundida, sino muy alta y a punto de ser derribada por un rayo. Tuvo que pasarse una tarde en casa entrenando para conservar el equilibrio. Por fin, acudió a la cita con Flash Ventura. En el momento en que lo besaba para saludarlo, las mechas de oro azotaron la cabeza del músico.

La reunión pareció normal. Sin embargo, esa misma noche, en voz muy alta como para que se escuchara con claridad en el tercer piso, Flash cantó «Despeinada»:

«Tú tienes
una carita deliciosa
y tienes
una figura celestial.

Tú tienes

una sonrisa contagiosa,

pero tu pelo

es un desastre universal.

Despeinada,

ah, ah,

despeinada,

ah, ah.

Despeinada,

ah, ah,

despeinada,

ah, ah.

Tú tienes

una sonrisa contagiosa,

pero tu pelo

es un desastre universal...».

No quiso escuchar más. Cerró de un golpe violento la ventana por donde entraban en su casa las melodías de Flash. Lo evitó durante dos semanas.

Su prima otra vez trató de restaurar el naciente idilio. Llegó a visitarla acompañada de Giannino, y juntos le aconsejaron que no rompiera su relación por un malentendido. Ninguna de las frases de los visitantes conseguían aplacarla. De pronto, el peluquero tuvo la solución.

—Te ha comparado con una belleza del Renacimiento. Nada menos que con *La despeinada*, de Leonardo de Vinci.

Ante la admiración de las muchachas, el peluquero hizo ostentación de sus conocimientos de pintura.

—La *Testa de fanciulla* o la *Scapigliata* está pintada sobre una tabla rectangular de unos 25 centímetros de alto. Era tan asombrosa la belleza de la modelo que Leonardo no terminó de hacerla porque no se atrevía a tanto... Tal vez tuvo miedo...

A Carmela esa explicación le sonó espectacular. Un día aceptó la llamada de Flash y su invitación a verse de nuevo.

III

Se casaron y vivieron felices

Se casaron.

Durante 36 años, el matrimonio estuvo a punto de hacerla sentir feliz.

El trabajo de Flash era nocturno y, al comienzo, Carmela lo acompañaba a la discoteca Señora Vilma, donde él cantaba y tocaba casi todos los instrumentos existentes. Al mismo tiempo, lanzaba frases de seducción a las chicas del público, pero Carmela sabía que, en realidad, todas las canciones estaban dedicadas a ella, sobre todo cuando engolaba la voz, ponía las manos en puño, adelantaba la geta como un negrito y daba vueltas por todo el escenario cantando:

«Ya me voy pa' La Habana

y no vuelvo más.

El amor de Carmela

me va a matar.

El amor de Carmela

me va a matar».

Tres años después de la boda, cuando los mellizos llegaron al mundo, Carmela dejó de acompañar a su esposo y se consagró a las tareas de casa. Por su parte, Flash comenzó a trabajar con frenesí luego de sus presentaciones en la discoteca. Desaparecía toda la noche y el día siguiente, y luego llegaba a la casa con la novedad de que había estado ensayando con sus compañeros. Estos, sin embargo, fueron un día a buscarlo y, sin querer, lo pusieron en evidencia.

—Y bueno, es cierto, no estuve con ellos, pero eso no significa nada. Lo que pasa es que me fui a la orilla del mar para inspirarme.

Y como ella dudara de su explicación, le cantó:

«No existe un momento en la vida

en que pueda olvidarme de ti.

El mundo parece mentira

cuando no estás tú junto a mí».

Después, comenzó a hacer supuestas giras artísticas y se ausentaba de la casa durante semanas y hasta meses. Por fin, en una de sus desapariciones, una joven visitó a Carmela para quejarse de que Flash las engañaba a ambas con una tercera amada, a quien había conocido en Medellín.

Todo lo perdonó Carmela. Más aun: aceptó con estoicismo las privaciones económicas que la vida bohemia de su marido le deparaba. Quizá lo perdonó porque, en medio de las crisis mayores de su vida en común, se quedaba silencioso por horas y, de repente, desde la habitación pequeña donde estaba confinado, lanzaba su portentosa voz al aire para declarar que...

«es que te has convertido en parte de mi alma

ya nada me conforma

si no estás tú también».

Luego se iba acercando a su cónyuge y a la reconciliación, pero si esta tardaba en llegar, aullaba más que cantaba:

«Más allá de tus labios,

del sol y de las estrellas,

contigo en la distancia,

amada mía, estoy».

Para la celebración de las Bodas de Plata de la pareja, los mellizos, que ya eran hombres mayores y vivían fuera de casa, tuvieron que sacarlo de una comisaría policial donde lo habían recluido por hacer escándalos en la vía pública. Al recordar ese tiempo, Carmela asumía que no era tan solo la voz romántica de Flash lo que la obligaba a continuar con él, sino el secreto convencimiento de que ese era su destino y de que no se podía contrariar la historia que Dios había escrito para ella.

Para el músico, el más valioso regalo de Bodas de Plata fue una computadora. Se la llevaron sus compañeros de trabajo, y lo incitaron a aprender a usarla y a componer ritmos con ella para adecuarse a los nuevos tiempos y fundar con ellos una orquesta cibernética.

Ya para entonces, Flash no tenía la imagen del músico triste que cantaba boleros. A Carmela le parecía que su compañero había crecido y estaba cada vez más alto, pero ello ocurría porque la barriga, los hombros y la cara le abultaban: pesaba 40 kilos de más, y, como se sabe, los gordos suelen parecer altos. El dueño de la discoteca donde entonces trabajaba le cambió el apellido y comenzó a llamarlo Flash Gordon.

Empujado por Carmela, que esta vez no cedió, y luego de continuos amaneceres en algún puesto policial, Flash aceptó ir a las sesiones de Alcohólicos Anónimos. Allí, la primera recomendación que le dieron fue que cambiara de vicio y que asumiera a la computadora como la nueva dirección de su vida. Lo hizo. Diez años se dedicó a ella con tal empeño que al final había abandonado los instrumentos tradicionales. Le bastaba con pulsar las teclas del ordenador para ser al mismo tiempo el cantante, el pianista y el guitarrista.

No abandonó, sin embargo, el cigarrillo. Por el contrario, aumentó el número de paquetes que fumaba por día. Parecía que la luz cambiaba de color al llegar a su casa y se tornaba amarillenta. A veces, conseguía dinero para comprar marihuana y, entonces, hablaba conteniendo la respiración y declaraba que el alcohol era un vicio abominable. Mientras liaba la hierba, proclamaba que nunca se había sentido más lúcido y sabio que en ese momento de su vida.

Su carrera artística ya estaba destruida. Eran muy pocos los eventos para los que se le contrataba. Por último, los músicos que trabajaban con él emigraron a otras orquestas o se dedicaron a quehaceres que los ayudaran a encarar sus problemas inmediatos. Con las ganancias de dos o tres actuaciones por mes, Carmela tuvo que hacer milagros para llenar la mesa. Entre esos milagros, figuraba pedir al dueño del departamento que esperara un poco más para que se le pagara la renta.

El otro milagro consistía en mirar la foto de recién casados y hacer un acto de fe pensando que su esposo era el mismo tipo que aparecía allí aunque, en realidad, nunca hubiera sido un buenmozo.

El hombre de la foto parecía estar dándole un cabezazo. Chocaba el lado derecho de su frente inmensa contra la sien izquierda de ella que disimulaba el dolor. Además, Flash entornaba los ojos y, por otro milagro asombroso, resultaban azules. Al lado de ese retrato en la pared colgaba un cuadro del Corazón de Jesús.

Lo peor era que Flash se limitaba a devorar la comida y a fumar. A la hora de comer y a la de dormir usaba una chaqueta de color azul eléctrico que le sirviera en los buenos tiempos para fascinar auditorios, pero que ahora el uso prolongado y la barriga sobresaliente habían deformado.

Flash dejó de ser Paul, el mágico personaje de la pantalla. Limitó sus conversaciones a las más urgentes, y eligió una cama en el cuarto dejado por los hijos. Por otro lado, el alcoholismo, la obesidad y la pereza sedentaria habían hecho que algunas enfermedades crónicas se enamoraran de él. La vida sexual desapareció, y la esposa renunció a su papel de amante para trocarse en cocinera y enfermera a tiempo completo.

Desaparecida el aura romántica de su vida conyugal, el recuerdo de *Breakfast at Tiffany's* amarilleó, terminó por abandonarla y se fue volando muy lejos. Carmela cambió el cine por el televisor, que, además, le resultaba más barato. Se enamoró de la serie policial *La ley y el orden*. Nueva York dejó de ser la ciudad en la que vagabundeaban enamorados Holly y Paul para convertirse en un bosque de intrigas y crímenes que resolvían los sacrificados detectives de la televisión.

El fiscal Jack McCoy y su asistente Alexandra Borgia se convirtieron en gente de la vida real. Lo eran aún más que Flash Ventura, quien ya le parecía un personaje ficticio.

Sin embargo, el ingreso de la computadora en la casa estaba destinado a dar un cambio a la historia. En vista de que la veía un poco inquieta y nerviosa, Flash se burló de ella:

—¿No será que a tus años todavía andas necesitando...?

Cuando se dio cuenta de que ese era exactamente el problema, la matriculó en un club para el adulto mayor que era gratuito y estaba financiando por el Seguro Social. La acompañó dos veces y, por fin, la dejó inscrita en varias clases de comida, tejido, tango, aeróbicos, manualidades, yoga, pintura, maquillaje, peluquería, cerámica, pastelería, economía y gobernabilidad.

Quizá estas supuestas diversiones le hicieron bien a Carmela. Quizá no. A Flash le pareció que el remedio había traído a casa una nueva enfermedad. Su mujer parecía haber abandonado el hogar.

Preparaba desde muy temprano el almuerzo y la cena, y los dejaba para que él los calentara, había abandonado la limpieza de la casa. La ropa sucia se acumulaba.

En el jardín la hierba crecía en desorden y parecía estar a punto de formar un bosque. No había quien limpiara las colillas de cigarro. El gato se había ausentado de la casa para buscar alimentación por sus propios medios.

Además de los cursos que no le dejaban ni una hora libre, Carmela participaba en actividades colectivas de pasatiempo. Una noche de Halloween, cuando Flash abría la puerta de su casa, se tropezó con Frankenstein. En la sala, se hallaban además Caperucita Roja, Drácula, Spider-Man, Batman, Superman, un conjunto de viejitos disfrazados e incluso Carmela que se había vestido de Barbie.

—Esto no puede seguir así.

El músico fue a buscarla una noche al club y la encontró parloteando con un viejo que, al parecer, intentaba seducirla.

—¡Nos vamos!

Ella levantó la cabeza al verlo llegar.

—¡Nos vamos! —insistió Flash tomándola del brazo.

—¿Es usted ella?— preguntó el acompañante.

No respondió Flash.

—Se lo pregunto porque se supone que ella es la que debe decidir.

Ya Carmela se había levantado.

—¿Es usted su padre?

No se hizo esperar la respuesta:

—Soy su esposo legítimo ante la ley y la sociedad.

No volvió a ir al Centro de la Tercera Edad. Flash, entonces, encontró una solución para que se divirtiera sin descuidar la casa. La hizo sentar frente a una computadora, le dio algunas instrucciones y la inscribió en un club virtual para ancianos navegantes de internet que hacían pinturas cibernéticas e intercambiaban consejos de autoayuda contra la hipertensión, el colon irritable, la piel seca, la soledad, la tristeza, la artritis, los recuerdos y la cercanía de la muerte.

IV

De Flash Gordon a California

Entre los 50 y los 60 años, Carmela ya no era la potranca en celo que había sido antes, pero no se veía mal. Las caminatas matutinas para olvidar la falta de interés sexual de su marido y la alimentación frugal impuesta por la pobreza la habían hecho mantener la línea, y todavía llamaban la atención su figura esbelta y sus tristes e intensos ojos azules. Habituada al pensamiento de que su historia ya estaba escrita y terminada para siempre, no había notado que aún era atractiva. Tampoco se lo había dicho Flash. No había en el universo quien se encargara de hacérselo saber.

En realidad, sí existía el hombre que se lo iba a decir, pero habitaba a cinco mil kilómetros de distancia, en el área metropolitana de San Francisco, California, y jamás se habían visto la cara.

Desde allí, Chuck Williams enviaba dos o tres mensajes cada semana al grupo. Los tópicos eran siempre los mismos, y su español era producto de haber vivido cinco años en México. De todas formas, las pinturas y los juegos de imágenes que creaba valían más que las palabras. Al parecer, solo Carmela tenía la bondad de acusar recibo y de agradecerle.

Ella, por su parte, dominaba el inglés y había ofrecido clases de ese idioma en una escuela de Santa Marta, hasta donde llegaban mañana, tarde y noche los efluvios del Caribe. En Bogotá, al lado de su esposo, quiso continuar dando clases, pero una orden terminante de Flash había truncado su carrera magisterial.

—¿Te interesa continuar enseñando inglés?

—Sí.

—¿Te interesa demasiado?

—¿Demasiado? ¿Qué es demasiado?

—Demasiado significa olvidar que tu marido es un artista, un gran artista, y que necesita que le consagres todas las horas de tu vida.

Se las consagró, pero lo que él no pudo lograr fue borrarle la gramática anglosajona ni las expresiones precisas y breves de esa lengua.

Una tarde en que se encontraba frente a la computadora, Carmela cerró los ojos y dijo en voz queda:

—A lo mejor, estoy muerta.

Los días con Flash se sucedían sin dejar huella alguna. A veces, ninguno de los dos decía palabra alguna. Solamente sabía de su presencia por la redondez que su bulto ocupaba en la silla del comedor o proyectaba en el espacio del pequeño departamento. Esa tarde en que él estaba ausente, se le ocurrió que acaso ya estaba muerta y que la muerte no era un misterio sino un aburrimiento perpetuo.

Dos o tres de sus compañeros de *chat* le hicieron señas sonoras, pero ella no respondió. De todas formas, estaba frente a la pantalla y escribió:

—Creo que estoy muerta.

Esperó un rato hasta que frente a ella comenzó a dibujarse la frase:

—Es posible.

Quizá era uno de sus compañeros de *chat*, un extraño a quien nunca vería o quien olvidaría pronto esa conversación sin sentido. Escribió:

—Creo que estoy muerta. Me considero una muerta en vida.

—Lo sabía.

—¿Cómo lo sabía?

—Se puede notar.

—¿Está usted bromeando?

—No, no de ninguna manera. Lo que pasa es que yo también pertenezco al mundo de los que están muertos.

Se produjo otro silencio, como si de verdad estuvieran conversando dos difuntos.

—Hace mucho tiempo me considero una muerta en vida.

—¿Y no se lo puede confiar a nadie? ¿Por eso me ha escogido? Me ha escogido porque soy nada más un nombre en la computadora y una dirección en el *chat*...

Se interrumpió:

—...que usted puede borrar, o como yo puedo borrar su nombre, borrar su existencia.

Si hubieran podido, se habrían mirado.

No se podían ver porque el *chat* era solamente escrito. Tampoco se podían escuchar, y tal vez habrían tenido miedo de hacerlo.

—Como le decía, estoy muerto y pertenezco a una familia de muertos.

—¿Desde cuando se siente así?

—Creo que desde adolescente.

Calló el interlocutor. Más tarde se explicó:

—Me parece que la primera vez fue en un espejo.

—¿En un espejo?

—En el espejo del baño de mi casa. Tenía 15 años y había sufrido una decepción amorosa. Me fui al baño para verme llorar. Había un cierto consuelo en ver cómo se me rodaban las lágrimas. De pronto, tuve la sensación de que no existía.

—¿El espejo vibraba?

—Vibraba, sí. ¿A usted le ha pasado lo mismo?

—Mi historia es más sencilla. Desde hace muchos años, fui descubriendo que ya no existía en mi casa. Que el espacio ocupado por mi cuerpo estaba siendo invadido. Él lo abarcaba todo.

—¿Él?

—Usted lo sabe. Lo sabe todo. No me pregunte más sobre el tema.

—Ya de adulto, me volvió a ocurrir.

—¿Murió usted? ¿Alguna vez se sintió muerto?

—Muerto yo, y muertas las mujeres a quienes había amado.

—¿Ellas también?

—Creo que sí. Cuando examino las fotos de las mujeres con quienes anduve, me parece que fueran fotos de cadáveres. Me parece que fueran fotos de difuntas a las cuales se hubiera añadido mi rostro por alguna suerte de truco fotográfico.

—¿Cree usted en la resurrección?

—Quisiera creerlo.

—Me gusta la idea.

—Si estuviera muerta, me encantaría estar volando todo el tiempo. Me gustan los cielos blancos.

—A mí me gusta escuchar las olas.

—Todavía no me ha dicho cómo se llama. El nombre que usted usa en el *chat* no es un nombre humano.

—¿De veras quiere saber mi nombre?

—De veras.

—Ya me conoce.

—¿Lo conozco?

—Llámeme Chuck.

—¡Chuck... Chuck Williams!

—Exactamente.

Era el cibernauta respetuoso que enviaba mensajes al grupo. Se dirigía a todos, pero a nadie en particular. A Carmela le pareció que había sido bastante indiscreta al hablar con él acerca de algunos aspectos reservados de su vida.

—Creo que he dicho muchas cosas impertinentes. Perdóneme.

—¿Perdóneme? Soy yo quien debe pedir disculpas por irrumpir en sus pensamientos.

—Me gustó mucho el PowerPoint que nos envió la semana pasada. Me gustó muchísimo...

—Lo hice pensando en usted.

—Lo hizo pensando en el grupo.

—Pensé que había un alma gemela en el grupo... y que iba a encontrarla.

—Bueno, Chuck, creo que ya hemos hablado bastante.

—No creo que hayamos hablado lo suficiente. Hemos hablado algo, pero nos hemos dicho mucho.

—Lo decía por despedirme. Usted lo sabe.

—¿Nerviosa?

—¿Por qué habría de estarlo?

—Se despide de repente. Usted parece estar muy nerviosa.

—Intranquila, más bien.

—Si esto no fuera solamente un *chat*, la invitaría a tomar un café.

—Le repito que nos estamos despidiendo.

—¿Lo desea usted?

—No.

—¿No?

—No. No. No. De ninguna manera.

Le fastidió haber sido tan enfática.

Quedaron en llamarse el lunes siguiente.

Apagó la computadora. Después, Carmela creyó sentir voces en su casa vacía. Escuchó que la llamaban. Escuchó que mencionaban su nombre en la televisión que estaba todo el tiempo prendida. Escuchó las olas dando golpes en la costa cercana. Salidos de alguna noche perpetua, en algún lugar del cosmos, los fantasmas la llamaban adúltera por haberse permitido hablar con otro hombre acerca de su vida y de haber dejado traslucir la relación desdichada con su esposo legítimo.

Escuchó que ella misma se llamaba y se recriminaba por haber estado hablando tanto rato con un extraño. Lo hacía con frecuencia con los miembros del *chat*. Ninguno de ellos conocía a ninguno de los otros y sin embargo conversaban. Conversaban sobre la artritis, el lumbago y la ciática, los problemas del estómago, la soledad, el alejamiento de los hijos, los nombres de los nietos. Nunca antes había hablado de ella misma con ninguna otra persona.

Con el artista durmiendo a toda hora, con la dueña de la finca insistiendo en el pago puntual de la mensualidad, con la casa envuelta en hediondas bocanadas de tabaco, se imaginaba que vivía dentro de una noche permanente y que tal vez ya había recorrido más de la mitad de los kilómetros que conducían hasta la muerte.

Ahora Flash estaba de gira. Era uno de las pocas veces que le habían dado trabajo en los últimos cinco años. Tenía que dirigir el sonido dentro de un grupo orquestal. Nadie lo miraría en las ciudades de provincias dentro de las cuales estaba viajando. Le darían como pago algo de dinero que él se apresuraría a gastar en bebidas. A lo mejor ya no lo haría con mujeres como anteriormente. Su inmensa panza y sus andares lentos y así como su falta de deseos le impedirían hacerlo.

Carmela siguió pensando en lo que había conversado en el *chat*. Hizo algunas actividades domésticas y leyó los periódicos en internet más tarde. Y después quiso volver a su grupo, pero no aparecía el caballero con quien había estado conversando. ¿Existía Chuck? ¿Existiría de verdad o había sido tan solo una invención suya? En todo caso, ella había hablado mucho.

Salió de la casa aquejada por el remordimiento y, como si fuera un criminal perseguido, caminó toda la tarde y, por fin, tomó un autobús que la llevó hasta un lugar que no conocía en la ciudad. Le pareció que escuchaba campanas y se dirigió hacia el lugar de donde venían.

De pronto, se encontró en el interior de una iglesia. Sentada allí, vio a un sacerdote que parecía mascar chicles en el asiento del confesionario. No tenía fieles esperándolo. A Carmela le pareció que alguien tomaba decisiones por ella. Caminó hacia el confesionario y se arrodilló en uno de los costados. El sacerdote tal vez dejó el chicle y lo escondió bajo su silla. Le dio un golpe suave a la ventanilla.

—Ave María Purísima.

No hubo respuesta.

—¿Hace cuanto tiempo no te has confesado?

Tampoco se escuchó palabra alguna.

—¿De qué pecados te confiesas, hija mía?

Se hizo un largo silencio. El sacerdote lo tomó como propio de la timidez. Algunos fieles actuaban así.

—No tienes por qué avergonzarte. Todos cometemos pecados. La misericordia de Dios es infinita. Anda..., dime ¿por qué has venido?

El único sonido que pudo percibir el sacerdote fue el de las campanas de la iglesia que otra vez llamaban a la misa de las seis de la tarde.

—Si te has atrevido a venir, por algo será...

—¿Por algo? Por mucho, padre.

—En ese caso, comencemos... Ave María Purísima...

Tampoco en ese momento hubo respuesta.

El sacerdote esperó un momento para preguntar:

—¿Has venido a confesarte?

—No.

—¿No?

—No.

Sorprendido, el sacerdote le preguntó:

—¿Te conozco?

—No, no me conoce.

—Se nota que estás cansada, hija mía. Muy cansada. Levántate y vete a descansar sobre una de las bancas. Rezarle a la Virgen María te ayudará.

La luz caía despedazada a través de los vitrales en las paredes del templo y se esparcía en haces de colores bermejos, rosa magenta, cinabrio y amarillo oro. Desde los altares de las paredes, la miraban rostros de santos antiguos. Creyó oler un incensario. Un niño con acné la estaba espiando.

Carmela se retiró del confesionario, pero no fue a arrodillarse sobre alguno de los reclinatorios. Salió por la puerta de la iglesia y anduvo por la calle sin rumbo fijo. En un momento determinado, aceleró la marcha para llegar hasta la casa y entrar en el *chat*, pero no había en la pantalla ningún signo de que alguien estuviera tratando de comunicarse con ella.

Un día, Chuck le escribió una carta dirigida solo a ella, no para el resto del grupo de internautas. Apreciaba sus gentilezas y sus bellas palabras, y le proponía un diálogo. Algo asustada, Carmela le preguntó a su esposo si aquello le parecía dable.

—¡Bah! Una conversación entre ancianos... Pregúntale al viejito gringo si sabe de alguien que quiera contratar una buena orquesta latina en Estados Unidos.

A escasos tres meses de conversar vía *e-mail*, la colombiana y el estadounidense ya eran una pareja virtual. Se había establecido entre ellos una forma de contacto con protagonismo de la palabra escrita. Chuck y Carmela dejaron de ser carnales para transformarse en palabras y *chips* en la pantalla sin objetivo ni proyecto. Solo existía el placer de escribir, de compartir, de esperar la réplica, y de disfrutar todo el tiempo como si ya no les quedara mucho tiempo para ello. Además, Carmela se sintió un poco menos muerta porque había alguien en el mundo interesado en sus opiniones. A sugerencia de él, cada uno escribía palabras en su idioma original, y luego el traductor electrónico las transmitía convertidas en frases de sugerencia mágica.

—¿Aves..., aves migratorias?

—Las adoro.

—¿El mar?

—Me habla.

—Me apasionan las uvas, pero no las pasas.

—Y a mí, las sandías, pero no los melones.

—¿Qué más necesita del mundo?

—Las hojas en el otoño.

—Y yo los pájaros azules.

—¿Los ángeles?

Ante esa pregunta, Carmela respondió con convicción:

—Tengo la seguridad de que existen los ángeles. Es más, creo que mientras escribo hay uno cerca de mí.

—¿Cerca?

—Muy cerca. Parece que el ángel lee por encima de mi hombro.

Aunque Chuck dominaba el español oral, prefería muchas veces usar la traducción de la computadora. A lo mejor, ese dispositivo estaba siendo manejado por un robot especializado en el celestinaje. Las palabras sencillas, casi elementales, de Chuck se convertían en frases armoniosas e insinuantes. La soltura de Carmela hacía el resto. Descubrieron que coincidían en todo un fin de semana, pasada ya la medianoche, y Chuck le arrancó la promesa de enviarle una foto suya en su próximo mensaje.

—Tendrá que ser dentro de tres días porque voy a buscar una y la voy a escanear. Ya estoy vieja y soy muy fea, ¿sabe?

Un día, en pleno *chat*, Carmela no pudo contenerse:

—¿Ha visto usted *La ley y el orden*?

Al otro lado se hizo el silencio.

—¿En inglés se llama *Law and Order*? —preguntó.

Chuck respondió que no estaba muy interesado en historias policiales. Fue un desencanto, pero Carmela decidió pasarlo por alto.

Una semana después estaban más cerca el uno del otro de lo que había estado toda la gente que había vivido con ellos. Eran de la misma edad. Chuck tenía un problema en la rodilla que le impedía caminar. Se trataba de una bala que recibiera allí durante la guerra en Vietnam, y que veinte años después se había agravado. Su mujer lo abandonó en cuanto le sobrevino el problema. Estaba retirado del trabajo y recibía una pequeña pensión de la Seguridad Social estadounidense. Tal vez todo eso les daba derecho a tratarse de tú.

—Nos conocemos tanto, Carmela, que cuando nos encontremos en el otro mundo, nuestras almas van a reconocerse.

—Eso no será posible. Creo que ya somos una sola alma.

—¿Crees tú que podremos seguir comunicándonos sin objetivos ni proyectos?

—¿Y tú qué crees?

—Fui yo quien hizo la pregunta, Carmela. Pero voy a decirte mi respuesta: creo que debemos estar juntos, pero juntos de verdad. Si tú me aceptas, voy a enviarte un pasaje para Estados Unidos.

Para el hombre que rengueaba y la mujer de pelo blanco, el tiempo se detuvo. Ni uno ni otro sabían lo que venía después.

Después de un largo silencio, aparecieron en la pantalla las palabras del estadounidense:

—No tienes necesidad de decírmelo, Carmela. Sé perfectamente que estás casada. Acuérdate de que le pediste permiso para iniciar un diálogo conmigo. Sé que vives al lado de ese hombre hace muchos años, pero está claro que ustedes no viven juntos de noche, y, a lo mejor, tampoco de día. Es más, creo que su propia presencia te hace daño. Cuando nos conocimos, me dijiste que estabas muerta. Fue él quien te lo hizo creer. Estoy seguro.

—Déjame pensarlo. Déjame una semana... No, déjame tres noches.

No tenía con quién consultarlo. Las pocas amigas que le quedaban habían dejado de frecuentarla para no encontrarse con Flash, cuya sola presencia era muy desagradable. La única persona capaz de darle un consejo de tanta trascendencia era el propio Chuck. Le solicitó un *chat* audiovisual. Tenía que ser por la mañana. El músico no salía jamás de casa, pero dormía hasta las dos de la tarde, y ni una orquesta podía despertarlo.

El amigo gringo apareció en la pantalla, y ella pensó que era idéntico al actor Robert Duvall, pero no se lo dijo.

—El problema de la visa no me preocupa porque tengo un pasaporte de la Comunidad Europea. Mi padre fue cónsul de Alemania y después se quedó a vivir en Colombia. Con la nacionalidad europea, me darán permiso para permanecer seis meses allá. Lo que necesito saber es qué pasará después.

¿Después? ¿Después? ¿Qué era eso? En su difícil castellano, Chuck explicaba sin entenderse y Carmela aceptaba las explicaciones sin comprenderlas. No podría haber después porque el amor no acepta «despueses». Vivirían juntos toda la vida. Ella comenzaría a perfeccionar su inglés de inmediato apenas llegara a San Francisco. Él la ayudaría a regularizar su situación migratoria.

¿Significaba eso el matrimonio?, preguntaba ella, y él le respondía que lo significaba todo, el matrimonio y mucho más. Al final, por problemas lingüísticos, él nada dijo; ella comprendió todo lo que quería comprender.

Antes de que pasaran las tres noches, dio su respuesta. Fue un sí terminante. Desde ese momento comenzaron a planear el viaje.

Cuando solo faltaban 21 días y 8 horas para el viaje a San Francisco, una mañana en que regresaba de comprar el pan, Carmela encontró la puerta cerrada. Tocó con insistencia, pero su marido no le abrió. Más bien, por debajo de la puerta vio emerger un sobre manila dirigido «A la más grande puta cibernética de todo el universo». Contenía fotocopias de veinte de sus más reveladores *e-mails*.

«Vete de mí», le decía y la llamaba «brichera».

«Brichera porque has construido un *bridge* hacia lejanas tierras. Brichera porque nunca te importó el hombre que te amaba. Brichera porque has matado todo lo que había en mí. Ramera de la computadora. Prostituta sagrada de Babilonia. Maldita. Vete de mí. Vete de mí».

Después bajaba el tono y mataba su queja con la letra de un bolero.

«Reloj, no marques las horas
porque voy a enloquecer;
ella se irá para siempre
cuando amanezca otra vez».

Al final, la despedida del músico era escueta:

—Lo sé todo. Lo supe siempre. Era el ángel que miraba por encima de tu hombro.

La explicación vino después cuando Carmela estaba viviendo en el departamento de uno de los mellizos. Flash le escribió para decirle que ni pensara en ir a recoger su ropa porque él la había tirado a la basura. Le contó que, por simple curiosidad sociológica, había abierto sus *e-mails* y los había leído. Lo venía haciendo desde hacía tiempo porque había descubierto su clave y porque entre marido y mujer no debe haber secretos. Pero, eso sí, nunca, nunca, por favor, habría creído que su esposa, a estas alturas de la vida, remontada ya la menopausia, estuviera pensando en convertirse en peor que una mujer mala, peor que una de esas que se venden por necesidad. Terminaba exigiéndole que le pidiera perdón, y le anunciaba que él se iba a tomar un tiempo para decidir si se lo concedería.

Esta vez, Flash se equivocó. Quizá suponía que iba a recibir una respuesta humilde suplicándole la gracia de olvidar todo lo que había pasado y prometiéndole que aquello nunca volvería a ocurrir. La carta electrónica llegó de inmediato, pero ni por asomo parecía ser escrita por una mujer débil y maltratada.

Por el contrario, el *e-mail* de Carmela comenzaba llamándole la atención por leer correspondencia ajena y, de inmediato, le hacía ver que su resolución era terminante: había decidido dejarlo para siempre y viajar a Estados Unidos en busca del verdadero amor.

«Lo siento, Flash. Esta vez te equivocaste. Me has esclavizado todo el tiempo y me has hecho creer que no soy nada sin ti, que a lo mejor y que solo parezco viva gracias a ti, pero de pronto he resucitado. Me voy a San Francisco, y no voy tan solo a encontrarme con un hombre, con un hombre verdadero... Voy a encontrarme conmigo misma. Estados Unidos significa para mí volver a nacer y a vivir».

«¡Dis-cul-pas!... ¡Pídeme dis-cul-pas! ¡Eso es todo lo que estoy esperando!».

Carmela no dio señas de haber leído este *e-mail* de una línea. Continuó:

«¿Sabes?... Este hombre de San Francisco me ha hecho ver cuánto valgo. No ha tenido ni siquiera la necesidad de palparme para pedirme que me vaya con él. Por mi parte, yo te lo iba a decir. No pensaba escaparme. Era necesario que habláramos como dos personas mayores, pero tú te has adelantado, y lo has hecho de una forma horrible. ¿Mi ropa tenía la culpa de lo que ha pasado entre nosotros? ¿Y también de lo que no ha pasado?».

Esta última frase la asumió Flash como alusión a la falta de vida sexual, y se enfureció. La llamó por teléfono y la espetó:

—Era la última oportunidad, y te la di. No esperes más de mí. No moveré un dedo cuando la Policía te detenga en el aeropuerto por irte sin el permiso de tu esposo.

—También eso lo he averiguado en estos días. Hablé con una abogada, y ella me explicó que no tengo por qué pedirte permiso alguno. Eres todavía mi esposo, pero no mi dueño. Tengo todo el derecho de irme, y voy a ejercerlo.

—Me divorciaré de ti. Pediré al juez el divorcio por causal de adulterio.

—Eso es lo que yo iba a pedirte: el divorcio. Sí, sí, por favor, divorciémonos.

—Pensándolo bien, no me divorciaré de ti. ¿Te dejaría en libertad para qué? ¿Para que te cases con el gringo? ¿Para que te unas con una persona que no pertenece a tu propia cultura? Cometerías un error inmenso, y nunca me lo perdonarías. ¡Eso jamás!

—¡Con divorcio o sin divorcio, me voy!

Entonces, Flash pasó a usar otra estrategia. Recordó una que siempre le había dado resultados. Un día Carmela abrió el *e-mail* y se encontró con un archivo que le enviaba colores azules y escarlatas. Hizo clic en él y escuchó la voz de Flash cantándole casi al oído:

«La puerta se cerró detrás de ti
y nunca más volviste a aparecer,
dejando abandonada la ilusión
que había en mi corazón
por ti».

No le sirvió. Tampoco valió la pena «Moon River». La música esta vez no dio resultado. Por toda respuesta, Flash leyó una breve misiva en la que su mujer le hacía saber que no volvería a abrir sus correos, y que ya no quedaba ningún asunto por tratar entre los dos.

Cuando faltaba una semana para el proyectado viaje, fue más bien Chuck Williams quien recibió una carta electrónica del músico:

—Se lleva usted a mi mujer. No voy a tratar de impedírselo. Pero antes de que ella se pueda ir, necesito que usted me pague una deuda. Carmela ha vivido 36 años a mi lado. Eso significa 13.140 días. Si calculamos en solo tres dólares por día lo que me ha costado alimentarla, he gastado en ella 39.420 dólares. Estoy seguro de que usted es un caballero. Por lo tanto, pagará su deuda. Ponga esa cantidad a mi nombre por Western Union, y yo me iré con mi música a otra parte. ¿Para qué voy a oponerme, yo un artista, a la relación entre dos seres que se aman?

Carmela tenía que partir un sábado a las siete de la mañana. Estuvo en el aeropuerto desde la noche anterior, y entró de inmediato en la zona internacional de aquel para no dar tiempo a que ocurriera alguna impertinencia, pero Flash no asomó.

Cuando el avión de American Airlines remontaba las nubes rosadas de Bogotá, la viajera se asomó a la ventana, pero no miró con tristeza las asombrosas laderas de los Andes. Levantó los ojos hacia el cielo y el infinito, y se dijo que había muerto en Colombia, y no estaba viajando a Estados Unidos, sino hacia la resurrección.

De rodillas en un reclinatorio de la catedral de San Francisco, la única parroquiana en el templo cuando ya eran casi las seis de la tarde, Carmela recordaba aquella partida, y pensaba en todas las veces en que se había sentido muerta, y eran tantas que comenzó a sentir un sabor de tierra de sepulcro en sus labios.

Recordó que, llegada al aeropuerto de San Francisco, los aduaneros hicieron como si no la hubieran visto. Le sellaron el pasaporte y, sin casi mirarla, le desearon una feliz permanencia. Eso le pareció a ella muy extraño porque se había mirado en el espejo del lavabo en el avión antes de bajar, y su rostro iluminado delataba que no era una turista pasajera sino una persona llegada para quedarse.

V

¡Carmela, pórtate bien!

Chuck Williams era el hombre con bastón que alzaba un cartelito con su nombre. El amante de internet se le materializó con *blue jean*, saco negro, bastón ortopédico, palidez extrema, ojos inmensos y nariz bien proporcionada. ¿Robert Duvall? ¿Era el doble de Robert Duvall? ¡Sí y no!... Era el actor mismo en persona.

Cuando terminó de soñar, le pareció que, en conjunto, era un gringo bastante maduro pero bien plantado. Lo que no terminaba de gustarle era su barba que parecía teñida porque, en contraste con su cabello plateado, lucía un intenso color negro y emitía destellos azules.

Un taxi los llevó hasta una estación del tren. Allí, luego de casi una hora de viaje, descendieron en una estación cuyo nombre Carmela olvidó de inmediato. A la salida, tomaron otro taxi. El carro enrumbó luego hacia un lugar que se hallaba quizá en los suburbios o en un pueblo colindante. No entraron en el *downtown* de la ciudad ni Chuck le explicó por qué lugares estaban pasando. Atravesaron terrenos industriales deshabitados y por fin ingresaron en un parque con algunas casas. No había veredas ni se veían parroquianos. Se detuvieron frente a una casa de madera de un solo piso, y allí su novio estadounidense le dijo al oído:

—*Home, sweet home!*

Lo pronunció en un tono de voz muy bajo como si temiera ser oído por el taxista, quien se marchó de inmediato. A Carmela, la felicidad de haber llegado a Estados Unidos le impedía fijarse en los detalles del viaje desde el aeropuerto. Más bien, un penetrante olor de mar comenzó a meterse por todos los rincones de la casa, y la recién llegada pensó que aquel era el posible olor de la libertad.

Le habían dicho que en San Francisco el invierno y el verano pueden sucederse en el mismo día, y ahora lo creyó porque era la estación del calor, pero le subían correntadas de aire frío. Supuso que eran los nervios, y si lo eran, se le fueron cuando el hombre pálido y barbado le sonrió, se excusó de no poder alzarla al entrar y tuvo con ella un gesto delicioso.

—Debes de estar cansada del viaje —le dijo ya en la sala—. Entra en el baño. Después hablamos.

El salón de baño era inmenso y contrastaba con la modestia del resto de la casa. En el centro, se alzaba una tina suntuosa y un tocador como el camerino de las actrices de teatro provisto de luces gigantescas y un mullido diván forrado de terciopelo azul.

—Quédate todo el tiempo que desees. Te espero dentro de dos horas para la cena.

Allí encontraría Carmela los más encantadores obsequios que alguien le hubiera hecho en su vida adulta. A un lado, había un equipo completo de tinte capaz de restaurar el color negro original de su cabello. Junto se exhibía un juego de maquillaje destinado a borrar la ferocidad de los años y las penas. Hacía veinte años que no se arreglaba. Quiso preguntar si todo eso estaba destinado para ella, pero se abstuvo de hacerlo porque la respuesta era obvia y positiva.

Se bañó en una tina de agua caliente y se untó una crema española que, según rezaba su etiqueta, estaba destinada a dejarle la piel como seda. Le extrañó que un hombre tan pobre como se había descrito Chuck comprara esos productos, pero entendió que eran sacrificios para hacerla sentir bien. En la tina, se palpó la carne con lujuria y descubrió que no era fláccida sino dura y dispuesta para la vida y el amor.

Se puso y se quitó la bata negra varias veces frente al espejo. Observó su cuerpo por primera vez en mucho tiempo y se sintió complacida. Con el pelo brillando de negrura y su vientre por completo chato, se vio hermosa y se dijo que la vejez era solamente un invento de mujeres descuidadas.

Sobre el tocador encontró un regalo. Consistía en dos pendientes de cristal, dos prismas de chafalonía, dos aretes como dos soles... A través de ellos surcaban todos los azules del universo. Tiempo después sabría que Chuck había pagado por ellos cinco dólares.

Carmela se puso los aretes falsos, y pensó que bajo sus orejas colgaban dos astros. Sabía que lo mismo les ocurría a todas las mujeres del mundo. De oro o de vidrio, de verdad o de bisutería, los aretes pesan igual bajo una cabeza colmada de sueños.

Se sintió agotada por el peso de a felicidad. Se sintió de mentiras como los aretes que Chuck había comprado para ella.

La seda negra brillante de la bata contrastaba con la palidez de sus muslos y la blancura de sus duras y torneadas piernas de estatua romana. Se dijo que había hecho un viaje en el tiempo y que, otra vez, era una jovencita enferma de deseos, aunque con cierta experiencia. De súbito, la mortificó pensar así, y recordó que era una señora hecha y derecha. Como si estuviera cantando en el baño, comenzó a monologar. Lo hizo en inglés y no en castellano, tal vez porque sentía que ya se encontraba ya en Estados Unidos, la tierra de las oportunidades para todos los inmigrantes del mundo.

—*Carmela, behave* —masculló.

—*Carmela, don't do that.*

—Carmela, turn off the TV.

—Do your homework, Carmela.

—Carmela behave yourself.

Muerta de risa, se tradujo:

—Compórtate, Carmela.

Y como si no se hubiera entendido, añadió:

—Compórtate como una niña buena.

Volvió a sonreír y recordó la época de su adolescencia en que, desnuda, se comparaba con sus hermanas, y jugaban a que eran el harén de un sultán exigente o las exquisitas pupilas de un prostíbulo de lujo. «Ahora, estoy mejor que cualquiera de esas mocosas —se dijo—. Ahora yo seré la mami del burdel».

Cuando la seriedad regresó a su rostro, dejó la bata sobre el colgador y se arregló el vestido negro que también Chuck había comprado para ella, pero de repente algo la hizo sentir triste. Vestida así, el espejo le devolvía la imagen no muy deseable de una maestra viejita o el porte uniformado de una mucama de familia pretenciosa.

Se miró otra vez en el espejo, y no pudo creer lo que veía. Ya no era la mujer confinada en un cuarto, apartada del placer desde hacía más de una década debido a la jubilación sexual de su marido. Se veía bien, bastante bien. ¿Sería este uno de los milagros del sueño americano?

Pasaron las dos horas que Chuck le había dado y todavía no sabía cómo vestirse frente a él. Por fin, tomó una decisión. Se despojó de toda ropa y, ya desnuda, se puso encima la bata de seda sin cuidarse de abotonarla por completo. Entró en la sala comedor mordiéndose un dedo y con una mirada desafiante.

Allí estaba el gringo, sentado frente a la televisión pero esperándola. Caminó hacia él como si fuera una modelo sobre la pasarela. Decidida a pensar y a actuar como si fuera una gata, le preguntó:

—*Ready?*

—*Ready?* ¿Para qué?

No podía entender.

Se lo repitió en castellano.

—¿Listo?

Se lo susurró:

—¿Listo?

Ella avanzó. Si no hubiera estado sentado, Chuck habría retrocedido. Hizo notar su timidez y ella comenzó a tratarlo como a un niñito.

—*Take it easy!*

—*What?*

—*Take it easy, buddy.*

Le dio unas palmaditas sobre el hombro:

—*It's been a long time...?*

—*Yeah!* Hace mucho tiempo que no...

—¿No?

Se le acercó aún más.

De repente, en segundos, el gringo pareció comprender todo lo que debía entender y todo lo que no debía entender.

Entonces fue ella la que tuvo que llamarle la atención:

—*Ey, ey, take it easy. Don't do that, baby!*

La batalla del amor había comenzado... y nada iba a detenerla en esos momentos.

El tiempo de la felicidad debía tener una duración como todo lo tiene, pero, en su caso, parecía infinito. Hacían el amor como sonámbulos, casi sin verse pero degustándose. No salían del dormitorio. No había una separación entre el acto y el descanso. A Carmela le pareció que así debía de ser el amor entre los habitantes de una pecera en la que todo, incluso el agua, está erotizado. Después quiso recordar cuándo había sido la última vez en que se sintiera así, pero había una sombra o un límite en la visión de su pasado.

Durante aquellas horas sin fin, se rompió otro mito alimentado por Flash Gordon y destinado a hacerle creer que los placeres del sexo tan solo estaban reservados a los jóvenes. No era cierto. Chuck y ella estaban cercanos a los 60, pero su hambre no terminaba de saciarse. Se olisqueaban, se espiaban, se comían y dormían con las piernas entrelazadas. A cualquier edad, la pasión era posible: bastaba con teñirse el pelo, aguzar los sentidos y aprender a morir muchas veces. En ese momento se le antojó pensar que el infierno debe ser un lugar en el que el deseo se ha agotado. El paraíso, en cambio, debe ser una región de hambre infatigable y de gozosos pecadores.

Llegó a pensar que el alma era una luz calientita que se aloja de tiempo en tiempo en alguna parte del cuerpo. Sentía a la suya escurriéndosele por entre las piernas, el vientre, los senos, el corazón y la frente. Se le ocurrió que, con el desuso, muchos pierden el alma.

En un momento de descanso, se miró en el espejo del baño. Tenía los ojos que ostentan las personas deslumbradas por el amor. Ella parecía fascinada; él, asustado. El ritmo parecía imponerlo ella. Hablaban poco. Por fin, él se decidió a pedirle que descansaran un poco.

—Es necesario, ¿sabes?...

—¿Necesario?

—Esto desgasta.

—¿Desgasta?... Te estás asustando, mi niño. No te asustes. Ten calma.

—Estaba pensando.

—¿Sí?

—No pensaba que llegaríamos hasta esto.

—¿No pensabas que seríamos amantes?

—¡Oh, no, claro que pensaba que lo seríamos!... Pero no de inmediato ni con tanta frecuencia...

Carmela volvió a darle palmadas en los hombros y en la cabeza.

—Solamente estás algo asustado, mi bebé.

—¿Asustado?

—Sí. Asustado de descubrirte. De descubrir que eres un hombre entero y lleno de pasiones. Te voy a confesar algo. También yo vine un poco asustada. Pensaba que no te iba a responder, que no iba a ser una buena amante. Hace mucho tiempo que no he tenido nada con mi esposo.

—No parecías asustada cuando llegaste.

—Lo disimulé. Pensé que te estaba asustando, no quería que creyeras que yo era así... Así... Todo el tiempo. Por fin me dije que todos esos pensamientos eran niñerías...

—También tengo una confesión que hacerte.

—No estás obligado, Chuck, querido.

—Ya sé que no lo estoy, pero quiero decírtelo. Nunca pensé que íbamos a vivir así. Supuse que a cierta edad, a la edad de nosotros me refiero, dos seres deben unirse pero solamente para darse amistad, consejo...

La conversación iba a seguir por ese tema, pero Chuck prefirió cambiarlo. Le contó, con detalles, que era muy pobre y que vivía de una pensión exigua de la Seguridad Social.

Sacó unos papeles del escritorio que estaba cerca de ellos y abrió un sobre.

—Esta es mi pensión —dijo mostrándole el documento. Le señaló con el dedo el monto mensual de lo que percibía.

Carmela ni siquiera miró hacia el papel.

—Es muy poco. ¿Te das cuenta, Carmela?... Y con esto vamos a vivir los dos.

—¿De veras?

—¡De veras! ¿No te asusta? Te lo advertí cuando hacíamos *chat*.

—¿Asustarme?... ¡Estás loco!... Tú eres Paul y yo soy Audrey Hepburn. ¿Viste *Breakfast at Tiffany's*?

¿Podía haber algo más romántico? Se imaginó que ambos eran una pareja de amantes jóvenes y bohemios viviendo en medio del Golden Gate, la Torre del Coito, las calles inclinadas, los tranvías rojos, la Campanile de Berkeley, las formas y colores de una de las ciudades más bellas del planeta, que todavía no había visto, pero que había estudiado en las guías de turismo antes de partir.

—¡Rómpeme! —le ordenó a Chuck, pero él no pareció entender lo que le pedía.

—¡Rómpeme de nuevo! ¡Rómpeme muchas veces!

Varias horas después, mientras se servían un humeante café colombiano que ella había traído de su tierra, Chuck le dijo que le tenía una sorpresa.

—¡Cierra los ojos! ¡Un minuto, por favor!

Tardó él un poco más que eso en levantarse, tomar su bastón ortopédico y avanzar hasta el aparato de música. Oprimió un botón, y se comenzó a escuchar un disco compacto que había estado esperando a la dama colombiana desde que aceptara viajar a Estados Unidos.

«Ya me voy pa' La Habana

y no vuelvo más.

El amor de Carmela

me va a matar.

El amor de Carmela

me va a matar».

—¡Gracias, gracias, amor!

Lo repitió en inglés:

—*Thank you, honey!* —no podía decirle que ese ritmo la importunaba y le traía tristes recuerdos. El estadounidense le explicó que había estado buscando en internet una canción que tuviera su nombre y que había encontrado esta en varias interpretaciones, como las de la Sonora Matancera y del Buenavista Social Club.

—Ahora estoy muy cansada. No creo que pueda resistir tantas emociones juntas —se acercó al aparato de música, tiró del cable que le proporcionaba corriente y lo desconectó con una brusquedad que no casaba con su persona.

«El amor de Carmela / me va a matar», masculló el gringo algo asombrado. Volvió a enchufar el aparato de música, pero le puso menos volumen.

—Pasemos a lo práctico —dijo Chuck y le entregó un papel en el que se hallaban escritas las instrucciones para administrar la casa.

—Léelo, por favor. Ya sé que entiendes el inglés, pero lo he hecho traducir en la computadora para que todo esté muy claro. Léelo en voz alta.

Carmela leyó:

«1. Todo el mundo se levanta a las seis de la mañana.

2. Hay que regar los maceteros de la sala y desempolvar los muebles.

3. Antes del desayuno, dar de comer a los peces.

4. Abrir la puerta y desenchufar las alarmas.

5. El camión de basura pasa los jueves. El de reciclaje, los viernes.

6. Hay que hacer las camas inmediatamente después de levantarse.

7. Tu dormitorio es el pequeño de al fondo».

Repitió la ubicación del dormitorio y le preguntó si eso era una broma.

Por toda respuesta, Chuck sonrió.

Carmela continuó la lectura de las instrucciones.

Chuck entonces replicó:

—No. No hay broma alguna. Dormiremos separados. Entre los latinos machistas, las parejas duermen juntas y se considera obligatorio que haya contactos entre ellas. En este país, las personas políticamente correctas no lo consideramos correcto ni saludable ni limpio.

En volumen más bajo, el aparato de música repetía incansable:

«Ya me voy pa' La Habana
y no vuelvo más.
El amor de Carmela
me va a matar.
El amor de Carmela
me va a matar».

«8. Preparar el desayuno para ser servido a las 6:30 de la mañana.

9. Limpiar los pisos de la cocina y de los dos baños.

10. El almuerzo debe estar servido al mediodía y consiste en un sándwich, fruta y yogur.

11. La cena se toma a las seis de la tarde. Incluye carne, verduras, papa y ensalada.

12. Los platos y cubiertos deben ser lavados inmediatamente después de ser usados.

13. Hay que dar de comer al gato cada mañana y, por las tardes, limpiar los excrementos que deja en su canasta.

14. Dos veces por semana, se hace jardinería.

15. Limpiar el refrigerador semanalmente.

16. La lavadora y la secadora están al lado de tu dormitorio. Hay que limpiar el filtro de la secadora cada cinco días.

17. Tendrás un pequeño televisor en tu cuarto, pero debes mantener bajo el volumen y apagar el receptor a las diez de la noche.

18. Tendrás que lavar mi ropa dos veces por día porque padezco de incontinencia».

Carmela releyó en voz alta la instrucción número 7:

«Tu dormitorio es el pequeño de al fondo».

Tal vez pensaba que Chuck le estaba jugando una broma y le sonrió, pero no encontró una sonrisa de vuelta. Entonces se le insinuó. Caminó como una gata en torno de él y lo olisqueó.

Por toda respuesta, el gringo hizo girar su silla de ruedas y continuó mirando el partido de béisbol en la televisión.

VI

Flash Gordon y la mancornadora

Asunto: El *blog* «La Mancornadora», de Flash Gordon.

De: Tina

Para: Carmelita

Carmelita de mi corazón:

Hermana, tu ex está más loco que una cabra. Se ha dedicado a propalar por todo el mundo la historia de su relación contigo. Cuando te digo que por todo el mundo, no te exagero. Sé lo que te digo y por qué te lo digo. Ha armado una página en internet al que por título llama «La Mancornadora», con fotos de ustedes y canciones que dice que te compuso cuando lo amabas y boleros que, según él, te hacían y te harán llorar.

Eso sería lo de menos, hija, si no fuera porque, además, ese *blog* le sirve para derramar la noticia de que tú eres una p. y no sé qué otras cosas peores. El *blog* se llama, te repito, «La Mancornadora», que es, además, el mal nombre que te ha puesto, y se abre con ese bolero tan antiguo y tan bonito que dice lo que te voy a copiar:

«Mujer, si puedes tú con Dios hablar,

pregúntale si yo alguna vez

te he dejado de adorar

y al mar, espejo de mi corazón,

las veces que me ha visto llorar

la perfidia de tu amor».

¿Te acuerdas, Carmelita, que esa canción la puso de moda en nuestros tiempos la orquesta Xavier y sus Rítmicos?... Ay, hija, no te bajes la edad y no digas que no recuerdas eso.

Después aparece una foto de Flash con su saco brillante de director de orquesta cuando era joven y bonito, y cuando todavía se llamaba Flash Ventura, antes de que lo apodaran Flash Gordon. Eso no tendría nada que ver, hija, si no fuera porque se ha puesto un par de cuernos sobre la cabeza.

A continuación, se te ve a ti, Carmelita, con ese vestido color fucsia que usaste para mi boda y con el que te presentabas en todas las actuaciones de Flash durante tantos años, y la Chayo decía que si no tenías para comprarte otro, nosotras debíamos hacer una colecta. Claro, con la vida que él te daba y el poco dinero que tenías para el diario no estabas para comprar vanidades. Con qué plata, hijita, me pregunto, de dónde ibas a sacar la plata para eso. Bueno, debajo de ti aparece otra vez una canción y un *link* para escucharla, y otra vez la saco de su sitio web:

«Y tú quien sabe por dónde andarás.

Quién sabe qué aventura tendrás.

Qué lejos estas de mí».

Después se cambia de ropa y aparece vestido de oscuro y con una capa blanca, y le dice al público: «Ahora siento que toda la vida he vivido una mentira».

Luego se sienta a la manera tomada del yoga y comienza a dar consejos a los jóvenes que buscan a la compañera de su vida, y les ruega que no se dejen llevar por las apariencias porque una cara bonita puede esconder una calculadora, mercantilista, señora de esas que son peores que las que se venden por necesidad.

Otra vez se te ve en diversas fotos, y siempre detrás de ti aparece la bandera de Estados Unidos y se escucha una voz femenina en *off* que no cesa de reír con un eco que retumba en los oídos, y un sobreimpreso que dice: «Ella gozando de la vida y de las vanidades de este mundo».

Por fin, aparece Flash, esta vez con un sombrero con dos agujeros por donde sobresalen los cuernos, y declara a la cámara:

«Esta es solamente una historia de amor. Es una historia romántica, clásica y elegante sin faltarle el respeto a la dama que me engañó».

La pantalla se oscurece y se escuchan unos gemidos que no se sabe si son los suspiros de Flash o los aullidos de una gata en celo, y la letra de un bolero que dice:

«¿Por qué no me dijiste?

¿Por qué tú me engañaste?

¿Por qué nunca lo supe?

Ay, ¿por qué, por qué, por qué?».

¡Por favor, Carmela! También que no se haga el pobrecito cuando bien sabía todo lo que estaba pasando entre ustedes, o sea, tú y ese caballero americano de nombre raro, y bien que lo sabía. Como acto seguido copia todos los *e-mails* que ustedes se escribieron e incluso algunos *chats* en los que el gringo te declaraba su amor y tú lo aceptabas. Y toda esa información viene detallada con fechas, lo cual significa que te estaba espiando durante meses de meses.

¿Te sigo contando, hija? ¿Te sigo contando? Cuidado, todavía no has leído lo peor. Bueno, allá tú, que si quieres lo lees y si no te gusta lo envías al tacho de los correos basura.

Como te seguía diciendo, después comienza a aparecer una serie de fotos tuyas superpuestas sobre lugares turísticos de Estados Unidos. Por supuesto, en primer lugar se te ve frente a la Estatua de la Libertad y después junto a un lujoso hotel de Miami y luego frente a un casino de Las Vegas. Ya te imaginarás, hija, eso no es nada. Lo malo es el titular que pone debajo de todas ellas y que te llama con todas sus letras «La Mancornadora».

Qué tal sinvergüenza, hija, como si no supiéramos todo lo que él mismo te hizo pasar y padecer cuando se lucía con mujeres de la vida en uno y otro lado, y las presentaba como «la nueva estrella internacional de la canción latinoamericana». No, Carmelita, nadie ha creído nada, te juro que ni una palabra, de todo lo que él dice en su web, aunque para que tú misma la veas y si quieres la respondas te mando el *link* correspondiente.

Y eso no es nada, hijita. Yo no quería ensuciarme leyendo lo que ese desgraciado dice de ti, pero, por sana curiosidad, hice clic debajo de una de tus fotos y me encontré con una canción que cantaba Bienvenido Granda: «Señora». Para qué, esa canción es muy bonita, pero no tiene nada que ver contigo, y solo por eso te la copio:

«Señora... Te llaman señora.
Todos te respetan sin ver la verdad.

Señora, pareces señora y llevas el alma
llena de pecado y de falsedad.

Señora... Tú eres señora y eres más perdida
que las que se venden por necesidad.

Señora... Y has manchado un nombre,
el nombre del hombre que puso
en tus manos su felicidad.

Señora, con todo tu oro,

lástima me inspiras, pues vives la vida

sin Dios inmoral...».

Debe haber querido decir «sin Dios ni moral». Lo que pasa es que es un músico ignorante. Cómo se le ocurre que pueda haber un Dios inmoral.

Ay, Carmelita, con la cantidad de buenos partidos que se te presentaban cuando eras jovencita, no sé cómo te pudiste fijar en ese tipo. Felizmente que todo se te corrigió en la vida cuando conociste al americano. Vas a tener que enviarme una foto del gringo porque Flash parece que no tiene ninguna o, en todo caso, no la ha subido a internet, pero dice que es un gringo con plata, que prácticamente te compró y que vives una vida de lujos allá en Estados Unidos, mientras que el pobre Flash, luego de triunfantes giras y resonantes éxitos artísticos, vive en la miseria porque, según él, te dio todo lo que tenía, y lo que ahora le queda tan solo le sirve para comer pan con huevo frito y vivir de la generosidad de sus amigos después de que lo dejaste por otro querer.

No, Carmelita, yo que tú le contestaba, le cantaba la verdad tal como es y no como él la está derramando. Pero si has escogido el silencio, allá tú, a lo mejor es mejor así, aunque por mi parte a mí no me gusta que hablen de ti en calles y plazas y te tilden de metalizada y de mujer fatal. Por eso, Carmelita, si ahora tienes tiempo, si te deja tiempo esa vida de viajes y hoteles lujosos que debes estar llevando, sería bueno que le escribas una carta como se merece. O mejor que no sea así, Carmelita. Mejor me la escribes a mí y yo me encargaré de difundirla.

Ahora tengo que despedirme porque debo preparar la comida. No te olvides de enviarme unas fotos del gringo y de tu casa para hacerlas circular por aquí entre las envidiosas que, como ya te imaginarás, están diciendo todo lo que quieren decir, y todo por culpa del *blog* de Flash. Anda, hija, escribe. No quiero creer que el dinero se te haya subido a la cabeza. Un beso y hasta la próxima.

Tu prima, la Tinita.

VII

El sueño americano y la navaja del Swiss Army

—Todo ha sido tan rápido que no alcanzo a comprenderlo —dijo al otro día Carmela.

—¿Que no alcanzas a comprender qué?

—Lo nuestro.

—No necesitas comprenderlo. Vívelo.

Ella lo miró preocupada:

—¿Eres así siempre?

—¿Así? ¿Qué significa ser así?

—Eres romántico y apasionado en un momento. Una hora después, pareces frío y práctico.

—Toda la gente en el mundo dice que los americanos somos así, expeditivos, prácticos.

—¿Se puede ser así y apasionado a la vez?

—No sé. Tal vez no. La gente dice que los americanos venimos al mundo con una cuchilla del Swiss Army.

—¿Una cuchilla qué?

—Del Swiss Army. Del Ejército suizo, como esta que tengo en las manos.

Extrajo del bolsillo una cuchilla con resorte automático que podía servir para cortar, penetrar, abrir botellas, sacar corchos, desentornillar, ver la hora, hacer un hueco en la pared, violar una cerradura, conocer las fases de la luna, calcular los eclipses, limpiarse el oído, rascarse la espalda, sostener con sus pinzas un objeto pequeño, afeitarse, mirarse en un espejo diminuto y que, además de un bolígrafo, tenía un altímetro, una calculadora, una brújula, una linterna, unos binoculares, un cortaúñas y un cronómetro con despertador incorporado.

—Fue creada en 1890 para el Ejército suizo.

—¿Las usa la Guardia Papal?... Porque el Ejército suizo, que yo sepa, ya no existe...

—Pero existimos los americanos. De niños, nuestros padres nos enseñan a usarlas para que no necesitemos de nadie... Se nos inculca que debemos ser autosuficientes, que no le debemos pedir nada a nadie, ni siquiera una dirección.

—¿Y te sientes bien así?

—No sé. Así soy. A lo mejor hay conflicto entre el individualismo y la sociedad, entre ser autosuficiente y amar. No sé, pero sé que soy eficaz.

—En otro momento, parecías un latino.

—¿Estás arrepentida de haber venido aquí?

Carmela no lo pensó ni un minuto:

—No, decididamente no. En mi tierra, dejé mi vida al lado de un hombre que no se la merecía. Tú te lo mereces todo.

—¿Por qué? Soy pobre. Me ayudo a caminar con un bastón. Estoy casi todo el tiempo en una silla de ruedas...

—No sé. Tal vez porque eres una ilusión.

—¿El sueño americano? ¿Soy eso? ¿El sueño americano?

—Es posible que lo seas. Es posible que tan solo seas un sueño, pero no quiero despertar de este sueño.

—¿Comprendes lo que dices?

—A lo mejor no entiendo todo lo que digo. A lo mejor soy una ilusa. Me lo han dicho desde siempre, pero no creo que sea necesario entenderlo todo. No comprendemos el universo y, sin embargo, estamos dentro de él.

—¿Te arriesgas entonces a vivir conmigo?

Carmela calló por un momento.

—¿O te quedas porque no tienes alternativa?

Ella bajó la cabeza.

—Recuerda que el pasaje que te compré es de ida y vuelta, y tiene fecha de regreso para dentro de un mes. Puedes tomar el avión de regreso para entonces.

Carmela continuó silenciosa. El gringo no le había preguntado dónde viviría en Colombia si regresaba.

—No comprendo a las mujeres latinas. Están siempre creyendo en el amor. ¿Comprenden ustedes lo que es el amor?

—¿Es necesario comprenderlo?

—Supongo que sí.

—Si lo entendiéramos, dejaría de existir.

Pasaron algunas horas de silencio. Chuck lo rompió.

—Para ser justos, ahora te toca hacerme preguntas.

—No es necesario. Vine aquí para vivir contigo, no para interrogarte.

—No voy a considerarme interrogado.

—He dejado mi país para venir aquí.

—¿Y lo encontrarás si regresas?

El gato saltó hasta donde se encontraba ella. Parecía muy contento con su llegada.

—¡Oh, sí, lo encontrarás completo! —se respondió el propio Chuck.

—¿Pueden regresar los que salen? ¿Crees que pueden regresar los que salen? —preguntó ella. Luego, sin esperar respuesta, caminó hacia su cuarto seguida por el gato.

La conversación continuó una hora después, cuando él insistió en que quería que ella le hiciera una pregunta.

—Si no la haces, voy a creer que no te intereso.

Carmela se la hizo sin mirarlo. En realidad, ella se estaba mirando sus propias manos mientras hablaba. Parecía estar leyéndose el destino.

—¿Te gustan las mujeres latinas?

—¿Lo supones así? ¿Por qué lo supones?

—Te sumaste a nuestro grupo de cibernautas y comenzaste a escribirte conmigo. En vez de buscar a una persona de un país lejano, podrías haberte hecho amigo de alguna encantadora gringuita.

—No fue premeditado. Nada en el amor lo es.

—Me has contado que viviste cinco años en México. ¿Conociste alguna mexicana guapa? ¿Te enamoraste de ella?

—¿Por qué quieres saberlo?

—Has dicho que es mi turno de hacer preguntas. Respóndeme, Chuck.

El aludido dio un largo respiro. Hizo el ademán de levantarse sobre su bastón ortopédico. Lo consiguió. Miró a través de la ventana, como si las nubes le dictaran una historia, comenzó a contar.

—Se llamaba María Elena. Era de Guadalajara. Nunca había visto yo unos ojos tan inmensos. La atracción fue inmediata. Tal vez me enamoré de todo lo que de México había en ella: su aspecto indómito, su dulzura, sus ojos negros como la condenación eterna.

Chuck cerró los ojos y repitió:

—Como la condenación eterna... Eso es lo que escuché de un bolero.

Hizo una pausa muy larga. A Carmela le dio la impresión de que la historia terminaba allí, pero siguió:

—Estaba ya muy joven. Creía yo en esas cosas.

—¿Te casaste con ella?

—No.

—¿Viviste mucho tiempo a su lado?

—Tal vez. Viajamos por todas las inmensidades asombrosas de México. En la capital, ascendimos la montaña del Tepeyac.

—¿El Tepeyac?... El lugar donde se apareció la Virgen de Guadalupe... Me imagino que hicieron allá un juramento.

—Si, lo hicimos, a pesar de que yo no era católico. Decidimos regresar juntos todos los años para renovarlo.

Cuando todo era feliz para la pareja, según contó Chuck, recibió él un mensaje urgente de Estados Unidos. Debía ausentarse por unos meses.

—Me dijo que no me preocupara y que todo el tiempo estaría pensando en mí. Señaló con el dedo una estrella del firmamento y me prometió que la miraría por las noches pensando en mí.

La ausencia de Chuck duró cerca de un año, pero hubo un permanente intercambio de mensajes entre ambos.

—Regresé y corrí a buscarla, pero ya no estaba en la casa donde habíamos vivido juntos. No me di por vencido porque en varias de sus cartas, María Elena me decía: «Cuando no me encuentres, espera un poco. Será tal vez que me he vuelto invisible por un tiempo breve».

La busqué en Guadalajara, Puebla, México D. F. y Veracruz, porque esos eran los lugares donde habíamos estado juntos. Estaba seguro de que en alguno de ellos volvería a verla.

—¿La viste de nuevo?

—Lo más extraño es que pregunté a nuestros conocidos e incluso a la gente de su trabajo, pero nadie la recordaba. En cierto momento, llegué a pensar que estaba buscando un fantasma.

—¿La viste de nuevo? —repitió Carmela.

Chuck bajó los ojos y escudriñó el suelo como si estuviera buscando en él las huellas de María Elena.

—La casa donde habíamos vivido le pertenecía a María Elena y, sin embargo, nadie había allí. Permanecí varios meses. De súbito, en la pared, junto a una fotografía de sus padres, pude ver que emergía la punta de un sobre. Me lancé sobre él y comprobé que estaba dirigido a mí.

Otra vez el hombre calló. Carmela no volvió hacerle preguntas.

—En la carta me pedía ella que no la buscara: «Hagamos como si yo nunca hubiese existido, como si fuera un invento tuyo».

—¿Qué hiciste entonces?

—Me levanté del sitio de donde estaba leyendo, tomé un pequeño maletín y me dirigí al aeropuerto.

—¿Y la casa?

—No me la traje conmigo. No creo tampoco que se haya hecho humo.

—Lo siento. No debería haberte hecho todas esas preguntas.

—Nunca he sentido mayor cólera en mi vida.

—¿Contra ella o contra las mujeres?

—Tal vez contra mí mismo y contra mi destino. Pensé que todo lo que yo comenzaba tenía que hacerse invisible. Pensé que no debería aceptar nunca más el amor dentro de mi corazón. Tendría que echarlo de allí en cuanto apareciera, olvidarme de cualquier afecto, matarlo.

—¿Has vuelto a verla?

Nada contestó Chuck. Solamente se la quedó mirando.

Nada comentó Carmela. En la oscuridad de la tarde, le pareció ver destellos azules que partían de la barba de su amigo.

Se pasaron el resto del día sin hablar.

VIII

El almirante español navega hacia Santa Marta

Asunto: El almirante español

De: Mona Beteta

Para: Carmelita

¿Y qué más, Carmelita linda?

Para ser franca, Carmelita, tú eres una triunfadora. Como ya te imaginas, las chismosas de siempre tratan de restarte méritos, pero la verdad es que tú has logrado lo que ninguna pudo. Ponte por ejemplo en lo que le pasó a la Vicky Sarmiento. Por favor, cómo no te vas a acordar de ella. La que tuvo no sé que cosa que hacer con el Gonzalo Fernández, que ha sido toda la vida casado. No me vas a decir que no te acuerdas de ella. La que le decían la Campanario.

¿Ya te acordaste de la Vicky? Bueno, pues. Estuvo chateando con un español día tras día. No sé qué se dirían porque la verdad si a ella la sacas de sus historias provincianas y de la supuesta riqueza que tuvieron sus abuelos, no sé qué repertorio le queda. Para que no dudáramos sobre la existencia de su galán, nos invitó a que fuéramos a conocerlo. Es decir, solamente en la pantalla de la computadora. Y el españolito fue muy fino, muy galante, a todas nos preguntó nuestros nombres y media hora más tarde ya nos llamaba por ellos. Nos pareció, eso sí, por lo menos diez años menor que la Vicky, pero no se lo dijimos a ella.

Lo que sí le dijimos es que ese hombre se quedaría para siempre en la computadora y que era bien difícil que viniera a Colombia. Imagínate, hija, un hombre con una pinta de hijo de Julio Iglesias y con diez años menos que la Vicky, aunque tuviera las patillas pintadas de blanco, no iba jamás a venir por estas tierras arrastrado por una pasión devoradora.

Cuando la Vicky nos anunció que su español de veras llegaba y que ya tenía fecha, la Pocha Serrano y yo nos miramos como diciendo: «Sí, hija. Sí, Vicky. Espéralo, sentada». Y cuando ya estuvimos lejos del alcance de la tonta, la Pocha me dijo que el españolito iba a venir a Colombia pero no en avión sino en caballo, en el caballo del Malo, que siempre se pierde o se atrasa cuando persigue al héroe en las películas del Lejano Oeste.

Pero allí no termina la historia. Un día la Vicky nos reveló, pidiéndonos que guardáramos el secreto, que José María era almirante retirado de la Marina española. ¡Qué te parece! Por supuesto que no se lo creímos y ni siquiera lo fingimos. La Pocha y yo hicimos como si no hubiéramos oído, y Vicky tuvo que repetirnos su supuesta revelación, pero nosotras no hicimos comentario alguno, y yo le cambié el tema.

Un día, con los ojos así de enormes, ya sabes como es ella de aparatosa, nos hizo saber que el almirante venía por ella. Nos informó que llegaría el 17 de mayo, o sea, tan solo un mes después.

Por supuesto, hija, no se lo creímos, pero nos reímos toda la tarde de sus locas ilusiones. La Vicky, sin embargo, triunfó sobre nosotras porque una mañana partió en avión a Bogotá a recibirlo, ¿y sabes lo que pasó?

¿Sabes lo que pasó? Cáete, hija. Era cierto. El almirante llegó con ella a Santa Marta. Claro que no venía con uniforme. Usaba ropas de civil e inclusive *shorts*, pero no dejaba nunca una gorra militar muy mona con ligero olor de naftalina como si hubiera sido robada en un museo o comprada en una tienda de segunda mano.

De todas maneras, le creímos y durante unas semanas la Vicky fue la reina coronada del mundo. Te digo que eso ocurrió durante unas cuantas semanas, cuatro o cinco, no más. Por lo que me contó la chica que trabajaba en casa de la Vicky, el almirante se despidió pronto sin ofrecer un anillo con un diamante solitario ni poner la rodilla en el suelo para rogarle que se fuera con él a vivir en algún romántico peñasco de las Islas Canarias.

Todo lo que le dijo fue que su pensión de retiro no le alcanzaba para permanecer indefinidamente en un país extranjero, y la Vicky entonces le respondió que no quería ofenderlo, pero que tenía guardado un dinerito para esa eventualidad. Me cuentan que le dio exactamente 1.500 dólares, pero es posible que fuera más. El españolito bajó avergonzado la cabeza y le pidió que se guardara el dinero, pero ante la insistencia no pudo continuar negándose y el que se lo guardó fue él.

Sin embargo, al día siguiente le contó que para cambiar su pasaje tenía que pagar una multa a la aerolínea. Por lo menos se quedó otro mes en el que tiene que haber habido petición de mano en privado por lo menos y promesa de felicidad eterna y, por fin, luego de todo ello, se despidió de verdad, pero, eso sí, no quiso que la Vicky lo acompañara a Bogotá para despedirlo.

Creo que le declaró que las despedidas eran como pequeñas muertes y que él tenía el corazón muy débil y no podía soportarlas, de modo que una noche partió a Bogotá, de donde debía salir al día siguiente con destino a Madrid.

Pero allí no termina la historia.

La Vicky nos hizo saber que, desde España, el almirante haría los trámites para llevársela.

Lo hemos planeado juntos. «No quiero llegar como ilegal de ninguna forma. Quiero llegar con mis papeles de ley y casarme como Dios manda. Como Dios manda», repitió mirando hacia el suelo como si estuviera rezando.

Nos aseguró que los trámites de la visa para España tardarían un poco, pero que él la pediría como novia, y, una vez aceptada por el Ministerio de Relaciones Exteriores de la Madre Patria, viajaría para allá a fin de contraer matrimonio. La verdad es que con todas esas, y después de conocer al supuesto almirante, la Vicky nos podía hacer creer hasta lo que no queríamos creer.

Te decía que la historia no termina allí, y te lo dije por muy buenas razones. Tú no sabes, Carmela, lo que pasó después. No tuvimos que esperar mucho tiempo para conocer el desenlace. Apenas un mes o algo más de la partida de su amado, ella recibió una llamada desde Bogotá de parte de una mujer, una tal Nosecuántos, quien le preguntaba si tenía media hora para conversar con ella.

—Es sobre un asunto muy importante para usted.

—¿Muy importante? Si se trata de un nuevo servicio de cable para la televisión, usted está llamado a un número equivocado.

—Es algo personal, señora. Me va a agradecer esta llamada.

—Hable, la escucho. Si es personal, dígame de inmediato de qué se trata.

—Es personal. Quiero saber cuál es la naturaleza de su relación con José María.

—Un momento. Usted me ha llamado para decirme algo, no para hacerme preguntas.

—Para eso necesito que me diga cuál es la naturaleza de su relación con José María.

—¿José María?

— Sí, José María.

—José María, el almirante.

—Mejor dejémoslo en José María.

La pobre Vicky pensó que le hablaba una funcionaria de Relaciones Exteriores en relación con la supuesta gestión que su amado estaba haciendo por ella.

—José María es mi novio.

—¿Y dónde está José María, su novio?

—Partió a España hace un mes.

—¿Adónde dice que fue?

—A España.

—¿A España?

—Sí, a España.

—¿Y la ha llamado desde allí alguna vez?

—Por supuesto. Lo ha hecho varias veces desde Madrid y una desde Barcelona.

—Será desde las calles Madrid o Barcelona porque todo ese tiempo él ha permanecido en Bogotá.

Pasó lo que tenía que pasar y todo te lo que podrás adivinar sin que te cuente el resto. La tal Nosecuántos era otra novia de José María a quien le había hecho el mismo cuento. Le había jurado amor a través del *chat* y, a su regreso de Santa Marta, había ido a quedarse en su casa.

Por supuesto, también le pidió dinero sin pedírselo y también se hizo de rogar para recibirlo. Un día, luego de encontrarle su agenda de direcciones y algunas fotografías comprometedoras, la Nosecuántos supo que el buen José María era en realidad un almirante de alto vuelo, aunque los buques no vuelen.

No me lo creas, Carmela, pero así ha sido, y si eso le ha ocurrido a la Vicky, que se las sabe todas, qué otras cosas no les habrán ocurrido a las mujeres que después visitaría en su gira latinoamericana. La Nosecuántos le contó a Vicky que el Perú, Argentina y Ecuador estaban en la bitácora del almirante. En cambio, tú has triunfado, Carmelita. Tú eres una reina. Tuya,

La Mona Beteta

IX

¡Canta, gringuito, canta!

Una tarde en que Carmela había terminado su tarea en el jardín, encontró a Chuck sentado junto a la mesa con una Biblia en la mano.

—Quizá tengamos que leerla de vez en cuando —sugirió el hombre mientras levantaba el libro sagrado y lo ojeaba.

Carmela sabía que Chuck no esperaba ningún comentario alguno y que, más bien, quería decirle algo.

—Cuando vivía en México, solía ir de casa en casa y les pedía permiso a las familias para leerles la Biblia. A veces me iba bien.

—¿A veces?

—La mayor parte de las veces me daban con la puerta en mi cara. En la ventana, ponían un letrero: «En esta casa no aceptamos sectas ni falsos profetas».

—Pero has dicho que a veces te iba bien.

—Una de esas veces fue cuando conocí a María Elena. Salió a recibirme y me hizo pasar. Creo que me hubiese hecho pasar aunque yo hubiera ido de vendedor de refrigeradoras. Le pedí que me presentara a su familia para conversar con todos, pero ella puso un dedo sobre los labios y me informó que prefería escucharme a solas.

Chuck abrió su Biblia y comenzó a buscar la cita que le había mostrado a la chica mexicana, pero no la encontró.

—A lo mejor, la Biblia no fue importante. Ya no me acuerdo lo que le leí. Quizá el Evangelio de Mateo. No lo sé. Cuando le pregunté si creía en la Palabra de Dios, ella me respondió que tenía el alma suspendida entre el cielo y la tierra, y que estaba presta a escuchar. Pasé tres meses leyéndole el libro. Iba a su casa todas las tardes.

—¿Allí nació el amor?

—Quizá... No, creo que no. O tal vez sí. Lo cierto es lo que ya te conté sobre ella.

—¿Llegaste a saber por qué te dejó?

—Nunca he querido saberlo. Desde que nací, la desdicha me ha estado mirando. Quizá se cansó de mí.

Encontró en las páginas del libro una pequeña flor amarilla y la levantó para observarla mejor.

—¿Intentaste buscarla?

—Creo que ya te lo he contado. Creo que me convertí en mexicano. Dejé la vida a un lado y me aparté de mis hermanos de congregación. Entraba en los bares y bebía tequila, y la gente se reía. A veces me rogaban: «Canta, gringuito, canta».

Carmela sonrió.

—¿Qué cantabas? ¿Tal vez «El amor de Carmela»?

—Tengo mucho más repertorio que ese. Cantaba «Amorcito, corazón», «Deja que salga la luna», «Tú, solo tú», «Mi cariñito», «Cielito lindo».

Dejó de sonreír:

—Estoy seguro de que tú también vas a querer dejarme. Todas las mujeres son así. Las miró alternativamente a ella y a su cuchilla del Swiss Army.

—Canta, gringuito, canta.

De pronto Chuck corrió hacia el aparato de música, buscó un disco, lo introdujo y aumentó el volumen. De ahí comenzó a salir una voz a la que el dueño de casa acompañaba:

«Me cansé de rogarle,

me cansé de decirle

que yo sin ella

de pena muero.

Ya no quiso escucharme

y sus labios se abrieron

para decirme:

'Ya no te quiero'.

Yo sentí que mi vida

se perdía en un abismo

profundo y negro

como la muerte.

Quise hallar el olvido
al estilo Jalisco,
pero aquellos mariachis
y aquel tequila
me hicieron llorar...».

Sus botas brillaban. Sus ojos centelleaban. Su barba parecía estar suspendida en el aire. Carmela comenzó a sentir mucho calor y se levantó para abrir la ventana.

X

Chuck, proveedor de la *greencard*

A la mañana siguiente, Carmela despertó dentro de su habitación, que le pareció más oscura que nunca. Ya debían ser las seis de la mañana y, a pesar del verano, no había claridad alguna. Alargó la mano para ver si encontraba algo y sintió que le dolía todo el cuerpo. Se levantó temblando y caminó descalza hasta el baño. Después de ducharse, se vistió con ropas que ubicaba a tientas en el clóset.

No sabía si estaba ciega o muerta. Avanzó hasta la puerta, pero no pudo abrirla porque estaba cerrada con llave. Avanzó por el cuarto y se fue a sentar sobre la cama. Otra vez intentó abrir la puerta, pero tampoco lo logró. Era evidente que Chuck la había encerrado. Permaneció de pie, con suelo frío bajo sus pies descalzos. Así estuvo por más de una hora.

El dueño de casa le abrió la puerta.

—*Honey?* —dijo ella. Le estaba dando tiempo para que se explicara. Quería saber por qué le había puesto llave y si lo iba a hacer después.

—*Honey!* —replico él, pero no añadió palabra alguna.

Carmela caminó hacia la cocina para preparar el desayuno.

—Ponte los zapatos.

Tan extraña se sentía que los había olvidado. Se los puso.

—No es necesario que prepares el desayuno. Ya me he servido. Más bien, quiero que salgas al jardín de inmediato. Algo terrible ha ocurrido.

Como una autómata, ella obedeció. Abrió la puerta que daba acceso al patio trasero y, al principio, no le pareció advertir nada raro.

—*Honey?*

—¿No te das cuenta de lo que ha pasado?

Carmela miró el patio con detenimiento y descubrió que faltaban los tulipanes. Las plantas estaban completas, pero habían desaparecido las flores. Durante la noche alguna familia de venados había ingresado en el jardín y las había devorado.

A Carmela le vino un acceso de risa nerviosa que el dueño de casa no compartió.

—¿Te das cuenta? ¿Te das cuenta?

Ella no podía contener la risa.

--¡Parece que no! Enfrente hay un pico y una pala. ¡Comienza de inmediato a abrir pozos en todo el jardín!

Carmela intentó decir que tenía hambre, pero su compañero añadió:

—Lo que vamos a plantar allí serán rosas. Las espinas alejarán a los depredadores.

Toda la mañana estuvo la colombiana dando golpes con el pico y extrayendo tierra con la pala. Sentado sobre su silla de ruedas, Chuck le daba instrucciones y comentaba:

—Haz otro hoyo a la derecha.

—Ese hoyo debe ser más profundo.

—Si no trabajas con más empeño, no vamos a terminar nunca.

Después quiso conversar con ella.

—¿Has pensado alguna vez en la muerte?

No lo escuchó.

—¿Has pensado alguna vez en la muerte? —repitió.

—¿Por qué me lo preguntas?

—¿Has pensado...? —repitió como si no la escuchara.

Carmela dio un golpe de pico contra la tierra mientras respondía casi a gritos:

—Sí, sí, por supuesto.

—¿Crees que existe Dios?

La colombiana levantó los ojos al cielo como si estuviera buscando a Dios. No pareció encontrarlo. Bajó los ojos.

—¿Y tú?

—No me respondas con otra pregunta.

—¿Crees que existe el demonio?

—Sí. Creeré en todo lo que tú quieres que crea.

Solo se escuchaban los golpes del pico sobre la tierra y algún canto de palomas. Por fin, Carmela se cansó y avanzó hacia la puerta de salida. Allí había una banca en la que se había propuesto descansar.

—No tienes intenciones de dejarme, ¿no?

Estiró sus pies hacia ella. Sus botas brillaban más que nunca.

Por toda respuesta, ella lo quedó mirando y se sentó a descansar. Chuck no puso objeciones. Se miraron.

—Hubo otra —dijo él cerrando los ojos.

Carmela no hizo pregunta alguna.

—Se llamaba Margarita.

No hubo comentario de parte de Carmela.

—¿Te interesa que te lo cuente?

—¿Te interesa contármelo?

—Ocurrió en el Perú. También allí permanecí algún tiempo.

Carmela no había entendido hasta ese momento cuál era la razón por la cual Chuck había estado en México.

—¿Te preguntas por qué llegue al Perú?

Él mismo se contestó.

—Por la misma razón que antes había llegado a México. Lo hice como misionero de una Iglesia cristiana. Una de las parroquianas se llamaba Margarita. Parece que hubo instantánea atracción entre nosotros. Cuando me tocó regresar a Estados Unidos, ya éramos novios. Nos casamos de inmediato para que ella pudiera obtener los papeles legales de inmigración...

Se hizo el silencio otra vez. Chuck aprovechó para explicar sus historias:

—Por supuesto que todo esto ocurrió antes de casarme con mi esposa estadounidense. Me preguntas si me gustan las mujeres latinas y te respondo que todas ustedes parecen estar hechas de vidrio. Son transparentes. No tardan mucho en hacerse invisibles.

Chuck entrecerró los ojos. Preguntó:

—¿Has visto alguna vez un fantasma?

Carmela no se creyó obligada a responder. El hombre continuó con su discurso:

—He llegado a pensar que las mujeres solamente son formas que asume el aire, como los pájaros.

Carmela miró hacia Chuck con los ojos bajos y tan solo distinguió un par de brillantes botas negras.

El estadounidense se miró las botas y pareció sentirse complacido de los relucientes que estaban.

—No llegamos a vivir un año. Margarita esperó a que la *greencard* le hubiera salido para terminar de una vez con nuestra historia. No necesitó ni siquiera pedirme el divorcio. A mí me dio la impresión de que me había utilizado para entrar legalmente en este país.

Se quedó callado. Comentó:

—Ya sé que piensas que pudo haberse cansado de mí, pero no fue así. Se miró las botas. Una mañana ella salió a caminar. Antes de hacerlo, sin que yo lo supiera, se había llevado una maleta. La vi caminar por el parque hasta que se hizo invisible. Dos años más tarde conocí a la madre de mi hijo Jim.

Tal vez Chuck sintió que había sido demasiado tétrico. Con el control remoto prendió el aparato de música. Seleccionó una canción de la Sonora Matancera. Tarareó la letra:

«Ya me voy pa' La Habana
y no vuelvo más.

El amor de Carmela

me va a matar.

El amor de Carmela

me va a matar».

Nunca le explicó por qué le cerraba con llave la puerta de su dormitorio ni ella se lo preguntó. Chuck parecía temer que ella también se le escapara. Lo siguió haciendo así poco más de un mes. Por fin, pareció que confiaba en su huésped y la dejó libre.

«Ya me voy pa' La Habana

y no vuelvo más.

El amor de Carmela

me va a matar».

XI

Un periquito de huevos revueltos

—Matarrr..., matarrrrr —trataba de conseguir una «r» más suave, pero no lo conseguía. Por fin, pasó de la música a hablar acerca de las tareas del hogar, y le hizo saber que saldrían de compras, pero que no visitarían el centro de San Francisco por el momento. Cada 15 días, según le informó, un carro de la Seguridad Social venía por él y lo llevaba a un *shopping center* para que hiciera sus compras y respirara aires distintos.

A la hora indicada, el chofer de la Seguridad Social se estacionó frente a la casa y tocó el claxon varias veces. Lo hizo con tanta estridencia que Carmela se dijo que era un hombre muy grosero.

—No, no es grosero. Es mudo —le explicó Chuck, quien parecía haberle leído el pensamiento.

—Podría haber descendido del carro y venir a avisarme, pero eso lo iba a obligar a hablar.

Chuck se asomó a la ventana y le indicó al hombre a gritos y por señas que viajaría por sus propios medios.

—A última hora, cambié de parecer —le indicó a Carmela—. Con tu apoyo y con el bastón ortopédico, iremos a la parada de buses que está a cinco cuadras de aquí. Nos iremos juntos en un bus. ¡Es más romántico!

—De lo que estoy asombrada es de cómo pudiste saber exactamente lo que yo estaba pensando.

—Es el amor. El amor me da esos poderes. Me hace saber todo lo que piensas —repuso el gringo sonriente. Ya estaban en la puerta, y el brillo del sol hacía como siempre que su barba emitiera destellos azules.

—¡Vamos!

Un rato más tarde, el bus los dejaba frente a un almacén tan inmenso como jamás había visto Carmela, y entonces las ganas de caminar por San Francisco se le volaron o acaso las dejó para otro momento. Volverían a casa dos horas más tarde y, mientras tanto, podían gozar a sus anchas de la compra.

—No tenemos que ahorrar en esto —le dijo sonriente Chuck mientras tomaban el cochecito de compras. Levantó la mano y le hizo ver una chequera—: Son cheques de la Seguridad Social, con los cuales se puede comprar cualquier tipo de comidas, excepto, por supuesto, bebidas alcohólicas.

Explicó luego que, además de ello, el almacén les ofrecía especiales descuentos y tenía productos de todos los lugares del mundo.

—¿De todos? ¿También de Colombia?

—De Colombia, de Puerto Rico, de México, de China, de Japón, de cualquier país del mundo. Se hallan en el departamento de productos étnicos.

—¿Étnicos?

Chuck le explicó que, en Estados Unidos, la comida producida en el propio país era considerada normal. La de los otros países era supuestamente étnica.

No podía escucharlo más. Le rogó que la esperara en la cafetería de la tienda y se fue corriendo mientras empujaba el cochecito por uno de los largos corredores «étnicos». ¡Increíble! Allí, enfrente, estaba exhibiéndose una canasta repleta de panes de bono y, más allá, le sonreían las almojábanas. Muy pronto, su coche estaba colmado de empanadas y arepas, y se preguntaba si las haría con huevo, con aguacate, con queso rallado o con carne desmechada.

Después se preguntó con qué plato iba a colombianizar a Chuck, y se respondió que, por supuesto, tenía que ser con el sancocho de pescado, pero metiendo en la olla la mojarra con todo, incluida la cabeza. Encontró los ingredientes más adecuados, pero un poco más allá se encontró pensando que lo ideal sería un arroz con lisa o, en vez de ello, un arroz con coco.

Compró y compró más, y se sentía feliz porque sabía que no ocasionaba gasto alguno, puesto que los cheques de la Seguridad Social cubrían todos los gastos de comida. Cuando había dado la quinta vuelta al mismo pasillo, descubrió que no había nada en el mundo para desagringar a un gringo como el ajiaco santafereño o un simple periquito de huevos revueltos. Sin embargo, el más grande descubrimiento que hizo allí fue que podía ser feliz, muy feliz.

Al regreso, los productos adquiridos llenaban y aún excedían el carrito de compras. Iba a ser muy difícil volver de la misma forma en que habían ido. Chuck levantó un teléfono público y pidió un taxi para regresar a casa. Media hora más tarde, llegó el carro. El chofer se detuvo frente a ellos, pero ni siquiera los miró. Tenía el rostro de un *bulldog* orondo, y parecía no sentirse cómodo con el barrio. Durante todo el viaje, puso la mirada en alto, como si se estuviera dirigiendo hacia una nube. Al llegar, recibió el pago, abrió la maletera con un dispositivo interno, no bajó para ayudarlos y partió a toda prisa dejándolos con los alimentos regados por el jardín.

Mientras Carmela arreglaba los productos en el refrigerador y la alacena, su compañero le hizo saber que no habría otro viaje al almacén. El uso del taxi resultaba muy oneroso. Se iba a inscribir en un *special delivery*. En ese mismo momento, iba a hacer una lista de todo lo que necesitaran y bastaría con que él esperara al mensajero los días 15 a las 11 de la mañana.

Carmela preguntó si le permitiría revisar la lista y agregar algunos productos.

—No, no. No tienes que molestarte. Lo he hecho solo durante mucho tiempo. Además, yo mismo puedo recibir al mensajero del *delivery*. Para mí, no es engorroso y me da algo en que ocuparme. Tú puedes utilizar tu tiempo en otras cosas, como usar el juego de tintes de cabello que he comprado para ti, y pintarte si quieres algunos de esos «rayitos» que te dan aspecto de mujer fatal, pero pudorosa.

A la mañana siguiente, Carmela se levantó mucho antes que su compañero, y comenzó a dar vueltas primero por la cocina y luego por toda la casa. Explorando el depósito del subsuelo, encontró unos platos largos y tropicales que le parecieron los más adecuados para la comida que iba a preparar. A las ocho de la mañana, un olor delicioso se extendía por la casa e invitaba a llegar cuanto antes al comedor.

—¿Y esto? —preguntó Chuck. ¡Qué tortillas tan raras!

—No son tortillas. ¡Son arepas!

—¿Arepas?

—¡Arepas! —dijo gozosa y segura, y, como veía la cara inquisidora de su compañero, comenzó a explicarle que había usado 500 gramos de queso blanco, 125 gramos de manteca, 250 gramos de almidón tamizado, una taza de leche, dos huevos y una pizca de sal.

—¿Dijiste almidón? ¿Puedo saber qué clase de harina has usado?

—De yuca, por supuesto. La arepa se hace de harina de yuca.

—¿Pero estás segura de que era yuca orgánica?

Fue la primera disputa de la pareja, y acaso la definitiva. Aunque no hubo respuesta, el largo discurso de Chuck y el asombrado silencio de su compañera marcaron el fin de la luna de miel. No habló el estadounidense con la brutalidad del músico, pero su drástica definición de los alimentos que debían entrar en la mesa no admitía réplicas. Antes de comprar harina, dijo, había que estar seguros de que el grano o el tubérculo empleado debía ser cultivado sin emplear fertilizantes químicos.

La manteca de ningún modo podía proceder de cerdo; tenía que ser vegetal, pero incluso en ese caso, había que cuidar que no tuviera grasas transaturadas. La carne debía provenir de reses y aves que hubieran sido sacrificadas sin dolor alguno. La leche tenía que haber sido recolectada con asepsia y provenir de vacas felices y saludables a las que Carmela imaginaba escuchando música clásica mientras eran ordeñadas.

Lo miró asustada. Le hizo una pregunta muda.

—No, Carmela no tienes que preocuparte —la tranquilizó Chuck.

El hombre examinó los productos que ella había comprado. Los fue levantando uno por uno, al tiempo que hacía gestos desaprobatorios.

—Por supuesto que los vamos a comer, pero no todos los días, ni siquiera todas las semanas.

Según lo que le explicó Chuck, la nutrición había sido algo descuidada en los países étnicos. En cambio, en Estados Unidos, la gente más culta y políticamente correcta excluía los sabores y condimentos de la mesa y recetaba arroces negros y vegetales crudos, las bases y los esplendores de una dieta insípida, pero buena para la salud del planeta.

No, Carmela no tenía la culpa de haber nacido en un país étnico y patriarcal en el que las mujeres cocinaban ese tipo de potajes para complacer al macho dominante. Es más, ella había sido acogida por Chuck porque Chuck adoraba la diversidad y se sentía encantado de vivir con la nativa de un país como Colombia.

—Es un país muy diverso. Es un país muy diverso —repetía—. Por fin alzó varios productos a la vez y proclamó—: No tienes que cocinar todos los días. En este país, hay una solución para eso.

—¿Una solución?

—Sí, una solución, y son las comidas congeladas.

—¿Comidas congeladas?

—¡Congeladas! ¡Congeladas..., pero hechas a base de productos orgánicos!

Carmela recordó con repulsión los alimentos que habían consumido desde su llegada y se dio cuenta de que esa dieta estaba en su futuro. Día tras día había tenido que apurar unos enormes sándwiches atorados de verduras crudas y de alguna carne cuyo sabor a papel era amenguado por litros de mayonesa sin colesterol y enormes vasos de agua helada. Sin embargo, había supuesto que aquella comida era la condena pagada por un hombre soltero que tan solo podía manejar el horno a microondas, y pensaba que la presencia femenina en esa casa significaba la invasión del sabor y el erotismo en la cocina. Ahora se dio cuenta de que estaba equivocada y entendió que la condena a consumir alimentos orgánicos se extendía para ella a perpetuidad.

Prefirió dejar a un lado esas preocupaciones y decidió pensar que la comida políticamente correcta no tenía por qué hacerla infeliz. Se abstendría en lo posible de los sándwiches y del arroz negro mal cocinado y acaso encontraría algún sabor pecaminoso en las ensaladas. El queso de las vacas aficionadas a la música clásica podía añadirles mil y un matices. Por supuesto, tenía que ayunar un poco, pero en las vidas de los amantes jóvenes, que había leído en novelas y visto en el cine, la inopia y los apetitos atrasados hacen que la pareja se mire con hambre y viva gozosa lamiéndose, tomándose el gusto y devorándose.

En vista de que aquella noche el gringo continuaba con su charla sobre las excelencias de la comida orgánica, quiso apartarlo del tema y se le insinuó, pero él no pareció advertirlo. Pidió entonces permiso para entrar al baño y de allí salió descalza y apenas cubierta por la enfermiza bata negra que acentuaba el color rosado de sus muslos, y se pensó deliciosa. Sin embargo, él no estaba pensando en sexo y reanudó su disertación sobre la gente de color, incluyendo en ella a Carmela, a quienes debía ofrecer su protección. Aunque hija de alemanes, Carmela era considerada por Chuck como persona de color por ser «latina» y haber nacido en país étnico.

—En América, sentimos mucho cariño por la gente de color. Amamos la diversidad.

Sentada frente a él, extendió la pierna desnuda y la dejó descansar sobre las de su compañero, pero aquel no pareció haber entendido el llamado a los laberintos del pecado, y por un largo momento dejó de hablar. De súbito, enrojeció y sus manos iracundas tomaron la pierna que se le ofrecía y la depositaron en el suelo.

—Sí, ya sé, en los países latinos, es allí, en la cama, donde suelen terminar las discusiones teóricas. ¡Cómo no! El bendito «macho latino» debe hacer exhibición de sus cualidades amatorias, pero aquí no es así. Aquí la pareja habla de temas importantes como la ecología, los alimentos orgánicos, la diversidad, el cuidado del jardín, la protección de las minorías y el calentamiento global.

Carmela no entendió bien este último concepto, y pensó que se refería a sus deseos insatisfechos y a las insinuaciones que le había hecho a su compañero. Se puso roja de vergüenza y se prometió aguantarse todos los calentamientos.

La calma no se alteró en ningún momento porque Carmela no respondía. Por cortesía, de rato en rato, hacía señas de que continuaba escuchando al hombre con quien iba a pasar el resto de su vida. La verdad es que solo le sentía el murmullo, y trataba de compararlo con el de las olas el Atlántico dando de azotes contra el cabo de Aguja, en Santa Marta. Por fin, se le ocurrió que el amor sexual regresaría a borbotones el día menos pensado. Toda su vida había sido paciente, y esta vez también lo sería. Decidió no insistir, y comenzó a vivir como hermana con hermano e indagar si fuera posible por los recuerdos que hacían infeliz a su compañero.

Como se lo había anunciado y al igual que antes lo hiciera Flash, Chuck Williams había elegido para ella un dormitorio separado. A partir de ese momento, la vida erótica se desvaneció, y Carmela pensó por ratos que todo lo anterior había sido solo un sueño. Sin embargo, cuando estuvo segura de que no lo había sido, se explicó la situación pensando que tal vez Chuck había ahorrado pasión y fiebres durante los tristes años de la separación, pero todos los ahorros sexuales los había dilapidado durante dos semanas en la cama. Se sintió culpable.

De todas formas, Chuck había sido comprensivo. En vista de que Carmela llegaba a la mesa del desayuno sudorosa y temblando de necesidad de hombre, buscó la solución al problema, y la encontró. Una mañana le rogó que esperara un instante sin levantarse, y entró al baño. De allí pasó al desván y, 15 minutos más tarde, regresó jubiloso y rozagante. Se apoyó sobre su bastón ortopédico y dio un pequeño salto sobre la cama.

—¡Sorpresa, mi amor! Te voy a enseñar unos jueguitos que te encantarán.

Puso ante ella dos barajas de cartas y comenzó a enseñarle póquer, veintiuno, canasta, *bridge*, buraco y espejito, entre otros juegos que según él servían para convertir la soledad y el aburrimiento en una perpetua epifanía. Carmela únicamente llegó a aprender el póquer, y a él se dedicaban desde las siete de la mañana hasta las doce del día. Apostaban palitos de fósforos. A las doce almorzaban.

El estadounidense dormía toda la tarde. Viéndolo, a Carmela se le antojó que todos los hombres duermen igual. Chuck, con los ojos azules bien abiertos, y Flash Gordon, con la chaqueta aterciopelada azul eléctrico abierta hasta el corazón por exigencias de la barriga, parecían ser algo diferentes, pero dormían igual, solo que uno por la mañana y el otro por la tarde, pero ambos comenzaban a pestañear de la misma forma a la hora de cumplir con sus obligaciones conyugales, que al final rehuían.

Durante la epifanía de los naipes, Chuck le contó que había peleado en Vietnam durante tres años. Una herida en la rodilla derecha lo obligó a un retiro honroso. El gobierno, sin embargo, no había provisto mucho para los veteranos de esa guerra carnicera. Mutilados, enfermos, locos, entregados a la droga, los veteranos sobrevivían en tiendas de campaña en algunos parques de la City. Carmela pensó que esa era la explicación de su renuencia a visitar el centro de San Francisco, y se prometió no insistir en pedir algo que solo podía traer tristeza a su marido.

De todas formas, el país no había sido tan ingrato con él. En recompensa por sus acciones heroicas, había recibido dos hermosas pistolas que guardaba con religiosa unción bajo una pequeña urna de cristal en la habitación del sótano.

—No te puedo contar cuántos enemigos maté con ellas, pero te aseguro que supe usarlas bien. Me las dieron cuando salí del hospital. Están cargadas siempre porque hay que tratar bien a un arma y porque parece que tienen hambre de seguir disparando. A propósito, ¿sabes disparar?

Sí, lo sabía y se lo dijo. De pequeña, su padre se lo había enseñado. A las tres hermanas las había entrenado en un campo de tiro y las había convertido en excelentes tiradoras para que supieran defenderse si alguna vez estaban en peligro.

XII

La Tere y las brujerías

Asunto: La Tere y las brujerías

De: Luchita

Para: Carmelita

Carmelita querida:

Eres una reina. Eres la reina del espacio. Si supieras todo lo que se dice aquí de ti, te convencerías de lo que te estoy diciendo, eres una verdadera reina. Tú sabes, hija, que la envidia muerde pero no come, y eso es exactamente lo que ciertas personas están mostrando, unos dientes enormes que cada vez hablan más de ti.

¿De qué otra forma podrían juzgar todo lo bueno que te está ocurriendo? No se explican. Dicen que no vales nada, que no eres digna de lo que te ha tocado en suerte. Un extranjero, nada menos un gringo rico como Chuck Williams. Increíble. Eso es lo que dicen. Pero no te voy a decir «lo que dicen», te voy a decir quién lo dice. Lo dice a gritos la Tere Paredes. Dice que lo embrujaste.

Asegura que ella te vio con esos ojos suyos que, ojalá sea cierto, dice que se los va a comer la tierra. Dice que imprimiste la foto que Chuck te mandaba en el correo electrónico. Dice que la llevaste a una iglesia a bendecir y que luego la colocaste en una cajita. ¿Que cómo lo sabe? Anda tú, hija, a saber. Asegura que ella te acompañó una noche al cementerio y que allí hiciste un hoyo y que la enterraste junto a una tumba.

Según la Tere, esa es la mejor forma de atraer a un hombre. ¡Qué raro que a ella no le haya dado resultados! Pero según ella misma, a ti sí te sirvió. Dice que ella te acompañó al cementerio porque tú te morías de miedo. Ya somos dos, hija, dice ella que te dijo cuando entraban en la casa adonde todos hemos de llegar algún día, pero te repito —según ella— nada de eso te dio resultado al comienzo y cuenta por eso que, dos semanas más tarde, le pediste que te acompañara a visitar a una bruja peruana, doña Elsa Vicuña, que estaba de visita en Santa Marta.

—Lo que tú me pides, Carmela, es imposible. Lo que ocurre es que yo trabajo con las almas de algunos médicos muertos. A ellos les pido consejos y ayuda en el mundo astral.

Y cuenta que tú le explicaste que no tenía por qué hablar con médicos porque no se trataba de un problema de salud sino de amor.

Ella te respondió que eran médicos especializados en enfermedades del alma. A veces ellos me ayudan a hacer el contacto entre dos corazones solitarios.

—Bueno, ¿y por qué no habla con ellos?

—Ocurre que, para esta época, ellos están de vacaciones.

Entonces tú le rogaste que te hiciera el trabajo sin ayuda alguna y comenzaste a halagarla.

—Es que a mí me han dicho que usted es una malera de primera, que usted hace milagros.

—Aun así, te lo repito. Lo que tú me pides, Carmela, es muy difícil. Eso dice la Tere que fue la respuesta de la Elsita Vicuña a pesar de que le ofrecías el oro y el moro.

—Es difícil lo que me pides, te explicó, por un lado porque Chuck Williams tiene una fuerza magnética indescriptible.

La Tere asegura que, cuando la Elsita Vicuña dijo esto, ella se derretía imaginándose al gringo lleno de una fuerza magnética irresistible.

—Por otra parte, no te vayas a ofender, pero no creo que seas la mujer que él ha andado buscando en toda su vida. Disculpa, pero no quiero ganarme tu dinero sabiendo que de ninguna manera voy a lograr hacer por ti lo que tú deseas.

«¿Me lo niegas por negarlo?», dice la Tere que la encaraste a la Elsita Vicuña con una voz adolorida. Dice que te pusiste a llorar y que ni por esas te hizo caso, dice que ponías los ojos en blanco y que invocabas a los santos, a tus familiares, a tus muertos, a tu propia necesidad de hombre. Lo que parece ser cierto es que habías juntado unos buenos ahorros y ese fue el principal argumento que jugó para que doña Elsita te apoyara.

—Bueno, bueno, bueno. Que sea por hoy. Vamos a usar la receta del Tuno.

—¿Y quién es el Tuno?

—Un famoso brujo del Perú a quien considero mi maestro.

Ella se puso a leer ante ustedes el libro. Lo leyó con una linterna a pilas porque era de noche y estaban en el campo.

«Para enredar amores hay que trabajar con dos luceros —decía el libro y añadía—: puede haber otros métodos, pero los entendidos dicen que este es el mejor».

Algunas mujeres usan ciertos métodos prohibidos, como darle a beber al pretendiente agua en la que han lavado sus prendas interiores. Otras fuman en la noche y echan el humo sobre la fotografía. Otras le dan a comer polvo de hueso de momia. Pero nada de eso da resultados. Lo mejor es saber jugar y enredar amores con dos luceros.

Al comienzo de la sesión, a la medianoche, la clienta enamorada aspira caldo de tabaco por la fosa nasal izquierda mientras mira fijamente la prenda o la fotografía del hombre perseguido.

Dice la Tere que llevaste la foto del gringo. Al fin y al cabo eso era lo único que tenías de él. Dice que la pusiste a los pies de doña Elsita, y que doña Elsita miraba hacia el cielo y conversaba con alguien de allá arriba, y que no se ponían de acuerdo.

—Repite conmigo lo que voy a decir —dice la Tere que te dijo la Elsita—: Te tendré a mis pies.

Y tú repetiste:

—Te tendré a mis pies.

—Vendrás.

—Vendrás.

—Me llorarás.

—Me lloraras.

—Correrás.

—Correrás.

—Me buscarás.

—Me buscarás.

—Vas a volverte loco.

—Vas a volverte loco.

Dice que después te hizo aspirar un perfume horrendo y que te ordenó que bailaras y que dieras golpes de tu pie contra el suelo, y asegura que el suelo comenzó a retumbar como si fuera el suelo del infierno.

La Elsita Vicuña les explicó que así te estabas metiendo en los sueños del gringo.

Según la Tere, por eso debe ser que a veces los hombres no pueden dormir y sienten el taconeo de una mujer que corre y corre, que les dice cosas desde lejos y que les sopla los oídos con perfume Tabú. A propósito, ¿te gusta ese perfume?

—Repite conmigo: Vas a volverte loco.

—Vas a volverte loco.

La que iba a volverse loca era yo, hija, me contó a gritos la Tere Paredes.

Según ella, a medianoche doña Elsita Vicuña comenzó a buscar en el cielo como si algo se le hubiera perdido allí.

—Estoy buscando dos luceros especiales —dice que dijo, y que ella ya no sabía quién estaba más loca.

Por fin los encontró:

—Ese, el rojito, y el que ves allí encima de la Luna.

Te repito que, según la Tere, doña Elsita Vicuña lo hacía todo leyendo las instrucciones de un libro bendito. Bendito o maldito, pero libro de brujería tenía que ser. Y dice que las leía como las cocineras lo hacen fijándose bien en los ingredientes y las instrucciones de los libros de cocina.

—Mira, este trabajo va a ser un poco difícil. Él está en el norte. ¿Ves ese lucero de al fondo?

Tú dijiste que sí lo veías. Ella aseguró que ese lucero era Chuck Williams.

—Este otro lucerito, ese que se enciende y apaga encima de la Luna, es el tuyo, y, como verás, estás bien lejos de él, y vas a tener que correr mucho para alcanzarlo. ¿Quieres casarte con él?

—Sí, doña Elsita.

—Nos va a costar un poco de trabajo, varias malas noches. Pero lo vamos a conseguir.

Siempre siguiendo los ingredientes y las instrucciones del libro, doña Elsita aspiró talco de tabaco con un cuerno de toro. Entonces dice la Tere que ocurrió algo extraño. Dice que el lucero que representaba a Chuck Williams comenzó a moverse y se fue acercando más y más hasta donde estaba el que te representaba, y que llegó hasta el tuyo como a eso de las cuatro de la mañana.

Allí fue cuando doña Elsita te ordenó:

—Ya lo tenemos con nosotras. Es hora de endulzarlo.

—Dice que tú mirabas al suelo y que doña Elsita comenzó a soplar polvos perfumados sobre la foto de Chuck Williams.

—Con este polvito. Te vengo jalando, te vengo encantando.

—Te vengo encantando.

—Gringo maldito.

—Gringo maldito, te vengo encamando.

—No, pues, eso no. Eso todavía no. Te vengo encantando.

—Te vengo encantando, gringo maldito.

Dice la Tere que así fue cómo conquistaste al gringo. Dice que un día estuvo en tu casa y te acompañó en el *chat* en el momento en que el gringo entraba en el Messenger, y dice que parecía un corderito, un tierno corderito.

Tú nos has contado una historia bien diferente, ¿verdad? Y esa es la historia que te creo. No voy a dar oído a las habladurías de la Tere Paredes. Entre ustedes, Chuck y tú, lo que ha habido es una maravillosa comunicación de almas. Y no ha habido ni velas rojas ni tierra de cementerio ni miel de abejas ni sangre tuya que son algunos de los otros elementos que asegura la Tere que hubo en el hechizo. Además, doña Elsita Vicuña estuvo muy poco tiempo en Santa Marta y no podría decirnos la verdad. A propósito de eso, ¿sabes tú dónde podría encontrar yo a doña Elsita?

Paso a contarte que ya es hora de preparar la comida, y que te escribiré de nuevo. Cuídate de las habladurías. Ya sabes que, para mí, tú eres una reina, eres la reina del espacio. Tu amiga fiel,

Luchita.

XIII

Vallenato de Carmela en el jardín

Muchos años de su vida había estudiado inglés para vivir alguna vez en los Estados Unidos. Ahora, ese país ya no era Nueva York, ni Hollywood, ni Disneylandia ni mucho menos San Francisco. Era el sótano. A Carmela le resultaba lo mismo abrir que cerrar los ojos porque todo era igual, la nada de la nada en su habitación de abajo, la rutina uniforme en el resto de la casa.

Acostada en su lecho, trataba de mantener los ojos abiertos cuando una pequeña sombra saltó sobre su cama.

-¡Hola, muchacho!- le dijo Carmela.

Era el gato. Ella lo adivinó con facilidad aunque no había producido ningún temblor al caer a los pies de su cama. El felino no tenía peso alguno. Tal vez, ella tampoco porque no deben tenerlo las personas que han perdido las esperanzas. Ahora ya sabía todo lo que tenía que saber de la vida. No sabía con precisión cuántos años le quedaban, pero entendía cómo iba a vivir. Eso significaba saberlo todo y no esperar nada.

El gato era un pequeño salvaje. Había llegado hasta la casa de Chuck luego de vivir en los matorrales de la bahía y sobre los techos rojos de la ciudad. A Carmela se le ocurrió que tan sólo él podía contarle cómo era San Francisco.

Para Chuck, el gato era su garantía contra una invasión de ratones. Para Carmela, en la noche, el súbito destello de esos ojos era una prueba de que aún vivía, de que el mundo seguía girando y de que la entera creación no se había borrado de repente.

Alzó los ojos para mirar a través de la ventana por donde el gato había entrado y pudo percibir algunas estrellas perdidas. Su luz tranquila le recordó los rostros y los perfiles de sus padres y de sus amigas de infancia y le pareció que se iban por el cielo flotando sinuosos como un río sin peso. Todo se le iba.

El gato volvió a saltar y se escapó por la ventana.

La primera mañana de marzo fue tal vez la más romántica de cuantas había vivido la pareja. Eso fue lo que dijo Chuck.

Carmela había tratado de dormir toda la noche previa, pero tan solo consiguió conciliar el sueño cuando eran cerca de las tres de la mañana, y desde ese momento, como casi siempre, tuvo sueños en los que se veía como personaje de las series de televisión que le fascinaban.

Una tras de otra se repetían las series de *La ley y el orden* y, en todas ellas, los asesinatos eran cometidos en los lugares más inverosímiles. Sin embargo, los detectives de Nueva York, al final de todo, lograban dar con el asesino. Lo único que le chocaba a Carmela era que, si bien daban con el asesino, la víctima quedaba muerta, bien muerta, y al día siguiente, aparecía otra.

En medio de la noche, mientras dormía, sintió que una mano azul se hundía en su cuerpo y le arrebataba el alma, y que un viento frío iba llenando el espacio por donde había entrado esa mano quirúrgica. En medio del sueño, sentía que ya no iba a levantarse nunca más, que ya pertenecía a la sociedad de los muertos. ¿Qué sociedad de los muertos? Los muertos nunca habían tenido trato con ella, una inmigrante perseguida, y por lo tanto tendrían que ser presentados en el más allá. También en la otra vida sería una inmigrante, una desconocida. De todas maneras sintió que sus pies, sus manos, sus ojos, sus huesos, todo lo que quedara de ella comenzaría en algún momento a rotar junto con la corteza terrestre para reincorporarse al universo.

—Carmela.

No escuchó la llamada.

—Carmela, es hora de levantarse.

Abrió los ojos y lo primero que vio fue el reloj digital de su habitación marcando las cinco y media de la mañana.

—¡Carmela, Carmela!

La voz salía de entre las sombras y era cada vez más apremiante.

Poco a poco, puso ver mejor, y en la puerta de su dormitorio comenzó a dibujarse la silueta de Chuck. Después pudo verle el rostro. Estaba sonriente y le informaba que la nieve había ya desaparecido del todo y que estaba naciendo un excelente día para hacer las tareas del jardín.

—¡Carmelita!

Luego de insistir algo más y de comprobar que Carmela se había despertado, el hombre miró hacia otro lado y se retiró para permitirle que ella pudiera vestirse, y la presencia de él no ofendiera su pudor.

Cuando ambos salieron a la puerta e ingresaron en el jardín, no había luna, pero el brillo pertinaz de una multitud de estrellas hacía que los seres humanos dejaran sombra en el jardín.

—Como te decía, va a ser un día maravilloso.

Poco a poco las estrellas se fueron resbalando por la esfera celeste. Una a una se iba río abajo hacia las diversas noches sucesivas del universo. Carmela no tuvo la oportunidad de mirarlas porque, de inmediato, tomó un pico y comenzó a cavar un hoyo muy profundo para colocar allí una de las plantas que habían comprado. Eran varias docenas, y la tarea iba a demandarle tanto tiempo y tanto esfuerzo como para terminar cuando ya llegara el mediodía.

—Si quieres, te pongo unos vallenatos para que recuerdes tu tierra.

No contestó.

—Hmm..., parece que solo estás de humor para trabajar. ¡Te encantan las flores! Te encantan las flores, ¿no?

Mientras levantaba el instrumento y trataba de hundirlo en la tierra, Carmela se sentía una mujer sin destino, sin planes, sin ida ni vuelta, completamente despojada del punto de donde había salido, sin posibilidad de regreso, sin justificación absoluta para continuar viviendo.

—¿Te gusta Shakira?

Sentado sobre la silla que le servía para descansar, Chuck apagó por un momento el aparato de música y levantó los ojos al cielo para agradecer al Altísimo por el nuevo día que estaba llegando.

—Estoy agradeciendo también por ti —añadió benevolente y agregó—: Agradezco por ti que no tienes en estos momentos la posibilidad de arrodillarte y hablar con el que todo lo hace, por la posibilidad que has tenido de venir a América. Aquí te estás criando de nuevo, aquí estás amaneciendo a la vida.

Chuck hizo una visera con los ojos para evitar el brillo que ya llegaba a raudales y pareció como si explorara el universo. Aseguró que la misión de los hombres era extasiarse en la infinitud.

—Eso es justamente hacer filosofía. Creo que hemos nacido para hacer filosofía.

Le explicó a Carmela que el mundo y el hombre se habían conocido cuando ninguno de los dos tenía un nombre.

—La misión encargada al hombre fue hacerse amigo de los árboles, las montañas, los ríos y los animales que habían aparecido al mismo tiempo que él sobre la tierra. Si no hubiese sido por eso, el hombre se habría perdido irremisiblemente en la nada. La función de dar nombre es una función casi divina.

Inclinada sobre el suelo del jardín, Carmela estaba pasando un mal momento con unos metros de terreno particularmente duros. Su compañero volvió a prender la música.

—Tu compatriota Shakira te va a acompañar.

Chuck Williams acercó a sus labios la taza de café que había llevado y desdeñó las tostadas que la acompañaban.

—De vez en cuando, es necesario ayunar.

Mientras trabajaba, Carmela recordó que ella todavía no había bebido algo caliente. Sintió que el sueño la iba invadiendo.

—En el fondo, la vida no es más que un sueño. Lo han dicho muchos filósofos —añadió Chuck.

—Todo esto que estamos haciendo se desmenuzará mañana, y no tendrá sentido. El gozo que estamos experimentando esta mañana no va a repetirse. Tenemos que vivirlo intensamente.

Carmela descubrió que, bajo la tierra que removía, había muchas piedras y adivinó que ese iba a ser su trabajo, mucho más duro.

—Mañana nada de esto tendrá sentido —dijo Chuck, que miraba fijamente los hoyos abiertos en el extenso jardín frente a su casa.

La suya era una vivienda vieja y descolorida. Abundaba en dormitorios, en depósitos y en lugares difíciles de encontrar porque varios propietarios habían pasado por ella y cada uno de ellos había hecho modificaciones en el plano original. A Chuck se la vendieron por un precio insignificante, pero, de todas maneras, tuvo que pagar *mortgage* durante muchos años de su vida. Los dos jardines, el de frente a la casa y el del traspatio, eran inmensos.

Mientras cavaba, Carmela descubrió una serie de objetos que habían sido abandonados bajo tierra dentro del jardín. Lo que más le llamo la atención fue un par de inmensos zapatos de hombre. Levantó uno de ellos con la pica y, sin palabras, se lo mostró a Chuck.

—¿Sí?

Ella no dijo palabra alguna. Continuó mostrándole el zapato.

—¡Oh!... Esos zapatos, esos zapatos los traje de la guerra. Un día en que se rompían de viejos, los enterré en el jardín para simbolizar que otra vida comenzaba para mí y para demostrar mi odio contra la violencia que me había hecho caminar por países extraños.

El hombre observó con más atención los dos zapatos y le ordenó a Carmela que los tirara en el cesto de la basura.

—Mañana serán invisibles. Mañana seremos invisibles tanto tú como yo porque el planeta gira sin detenerse, y rápidamente nos lleva hacia la muerte o hacia el sueño. Hay que vivir momentos como este.

Carmela no había terminado todavía ni la cuarta parte de toda la tarea, y el sol de invierno comenzaba a quemar fuerte. De todas formas, esa luz era la primera que había visto en muchos días porque el invierno había resultado muy lluvioso. Enfrente de ella, su compañero, señaló al sol y dijo:

—Es la luz de la felicidad. Creo que, hasta ahora, hemos vivido pocos días como este, tan bellos, con tanto amor. Creo una vez más que la misión que tenemos aquí en la tierra es la de ir descubriendo los misterios y de irle agregando nombres y plantas a la creación.

Cerró los ojos y dormitó por un momento.

Inclinada sobre la tierra del jardín, Carmela había encontrado más piedras. Además, tuvo que arrancar una raíz enorme.

El gato había salido de la casa y se había posado sobre una de las ramas del árbol. Levantaba la cabeza hacia el cielo y cerraba los ojos para liberarlos de algún mal sueño. Agitaba la cabeza. Luego giró hacia Chuck y se mantuvo atento para escucharlo.

No estaban solos.

Toda la creación escuchaba a Chuck. En el arce más próximo a la casa se habían posado dos cuervos, y parecían conversar. Las ardillas habían dejado sus elásticos juegos sobre el hilo eléctrico para también cruzar el campo a galope y detenerse en los hoyos hechos por Carmela.

Arriba, en el cielo, una bandada de gansos salvajes trazaba dibujos geométricos. Habían salido de Canadá y avanzaban hacia regiones más calientes. Sus voces rompían la quietud de esa mañana cristalina. Habían suplido las palabras de Chuck, quien seguía dormitando. El gato se puso en actitud de ataque y se lanzó contra los cuervos. Se escuchó una batalla en el aire y entonces el hombre despertó.

—¡Oh, no, no, no!... Los tulipanes no deben estar allí. Te dije, te repetí, que los tulipanes van en el perímetro. El centro es el lugar escogido para los rododendros. Vas a tener que cambiarlos de lugar. Vamos a perder la mañana...

Sin dejarse repetir la orden, Carmela comenzó a hacer lo que el hombre le ordenaba, y aquel se calmó y volvió a echar una siesta.

El silencio de Chuck le permitió a ella sumergirse en sus recuerdos. El mar de Santa Marta llegaba frecuentemente hasta su memoria. Se recordó joven y sin problemas, caminando frente al mar con sus amigas.

Después soñó despierta con el río Magdalena. En una ocasión había navegado por él al lado de sus padres. Sentada en la popa veía correr y desaparecer asustados los árboles y las aldeas. Esa era la imagen más bella de su vida. Sin embargo, Chuck insistía en que la parte más bella se encontraba en este momento. Se preguntó cómo era la muerte y quiso saber si ya se encontraba en sus territorios. Las palabras de Chuck asegurándole que la vida pasaba con rapidez le dieron cierta esperanza.

Pensó que la muerte podía venir por ella pronto y que esa era la única forma de volver a Santa Marta. En esos momentos, mientras abría otro hoyo, le pareció sentir que el corazón de la tierra latía.

Aprovechando el sueño pesado de Chuck, dejó por un instante las tareas e intentó descansar. Volvió su rostro húmedo de sudor hacia el lado por donde corría el viento, y sintió una frescura que la hacía sentir bien. De repente, pensó que se estaba haciendo invisible.

Recordó haber visto una película en la que un hombre asesinado por la espalda recorre invisible diversos lugares en busca del homicida y pensó que tal vez los difuntos tenían un tiempo para moverse a su gusto. Se le ocurrió que, si ese fuera su caso, tomaría un avión para regresar a Colombia sin pagar pasaje alguno. En ese momento, cometió otra equivocación y cortó la raíz de un rododendro. Por fortuna, Chuck seguía durmiendo y no lo advirtió. Carmela se propuso no ver más las series televisivas que influían tanto en sus sueños como en los momentos de la vigilia.

Le había pedido ya en dos ocasiones a Chuck que le permitiera marchar de regreso a su tierra.

—¿Permitir? ¿Alguien te está reteniendo aquí contra tu voluntad?

El hombre le aseguró que tenía toda la libertad del mundo para salir por la puerta y no volver jamás. Le hizo ver, eso sí, que su pasaje de regreso ya había expirado y que, por lo tanto, tendría que comprarse uno nuevo. Le dijo que tal vez tendría algunos problemas por haberse quedado un tiempo más de lo señalado en su visa y que acaso pasaría una pequeña temporada en la cárcel.

—Ya sé en qué estás pensando —escuchó la voz de Chuck.

—Estás pensando en irte, ¿no?... Por pensar en eso, no adviertes la maravillosa función que estás cumpliendo. Estás ayudando a la naturaleza a crearse y recrearse.

Después, Chuck volvió a filosofar.

—¡Libertad! ¿De veras crees que no la tienes? ¡Es tuya en este mismo momento! Si quieres, deja el pico y la pala y vete a tomar el primer avión que vuele a Santa Marta. ¿Pero encontrarás de nuevo Santa Marta?

—Lo supongo —se atrevió a responder Carmela.

—¿Supones qué?

—Supongo que Santa Marta no se habrá movido del mapa.

—Supones mal.

—¿Ah sí? ¿Ya no se encuentra en Colombia?

—Veo que has amanecido con mucho sentido del humor —dijo afable Chuck y añadió—: Te lo explicaré: Santa Marta no se ha movido, pero tú sí. Además, el tiempo gira y gira, y la gente cambia.

Los cuervos y las ardillas movieron sus cabezas. El gato aguzó sus orejas. Todos parecían querer escuchar las observaciones de Chuck.

—La gente cambia, y, por lo tanto, no encontrarás a los que dejaste. Te parecerá que tienen otro acento. A ellos también les parecerá que tú has cambiado.

Se hizo el silencio. Otra vez Chuck lo rompió:

—Ocurre siempre en Estados Unidos. Muchos inmigrantes se quedan aquí hasta hacer fortuna y siempre están pensando en volver a su tierra. Mes tras mes envían dinero para que les vayan construyendo una buena casa. Cuando por fin se jubilan, emprenden el regreso, pero sus hijos no los siguen. Va la pareja sola entonces, pero no encuentra a los amigos que dejó. Descubren que todo ha cambiado. Viven allí unos meses persiguiendo el recuerdo, pero ahora extrañan Estados Unidos, adonde al final regresan. Habrás oído, por ejemplo, que en México hay muchas ciudades fantasmas. Están formadas por las casas de los mexicanos prósperos que hicieron el intento de regresar, pero que ahora viven de este lado de la frontera.

Chuck se recostó aún más sobre la silla del jardín y miró el sol por entre dos ramas de un arce. La bandada de gansos salvajes parecía haberse detenido en el cielo para escucharlo. Ahora reemprendían el viaje hacia el sur.

—Observa esos gansos. Todos vuelan en la misma dirección y llegarán al mismo sitio un día que es el mismo todos los años. Además, cuando bajan a tierra y se posan sobre los árboles, todos miran hacia el sur. ¿Crees que cada ganso individualmente sabe por qué mira en esa dirección? ¿Has pensado si cada ave conoce su destino o el de su bandada?... Lo mismo les ocurre a los seres humanos... ¡La libertad, la libertad!... Es una palabra inventada que no tiene el menor sentido.

Carmela había dejado el pico y la pala a un costado. No podía ya con ellos.

—Sí, claro. ¡Deja las herramientas, y vete! ¡Toma esa maletita azul que trajiste! ¡Hazte un peinado coqueto para que puedas encontrar a un hombre más guapo que yo! Cuando llegues a la puerta, toma la calle hacia la derecha. Por allí vas directamente al aeropuerto.

Pasado el descanso, volvió Carmela a abrir un espacio para otro rododendro. Chuck continuó:

—¿Ves esa planta del jardín vecino? ¿Crees que viviría sin el sol? ¿Y crees que el sol tendría sentido sin el sistema y la galaxia? Nadie es libre ni independiente en el universo. La libertad no existe. La libertad es un error. Es la raíz de todos los errores humanos.

En una ocasión, ella le había explicado que tal vez era ya llegado el momento de volver porque se había convencido de que no era la persona que esperaba Chuck.

—¿O no soy yo el hombre que tú buscabas?

El hombre habló luego extensamente sobre la ingratitud. En un momento determinado la miró con los ojos llenos de lágrimas. Después, los cerró e hizo como si durmiera.

—¿Qué pasaría si yo muriera, Chuck?

—Tienes muy buena salud.

—¿Qué pasaría?

—¿De veras quieres saberlo?

—Quiero saberlo.

El hombre se quedó callado. Ella volvió a preguntar:

—¿Me enviarías de regreso a Colombia?

Chuck la miró por un momento como si estuviera midiendo los años que le quedaban de vida.

—No —le respondió.

—¿No?

—No. Ya sé que esa no es la respuesta que esperabas. Ustedes los latinos suelen ofrecerlo todo. Acostumbran a mentir. Hablan incluso de mentiras piadosas. ¿Qué mentira puede ser piadosa? No. No voy a darte ese tipo de respuestas. No voy a decirte que sí, que te enviaría de regreso.

Calló. Había sido terminante. De pronto, se le ocurrió darle las razones:

—¿Y sabes por qué?

El gato, los cuervos y las ardillas se habían detenido otra vez para escucharlo.

—Sería imposible enviar tu cadáver al extranjero porque eres una extranjera ilegal..., porque no tienes papeles. ¿Con qué documentos pediría yo que se permitiera tu viaje?

El gato se había erizado.

—¿Y qué crees que pasaría incluso aquí para enterrarte en San Francisco?... Las autoridades del cementerio me exigirían tus documentos.

—¿Entonces?

—Entonces... La verdad es que no me he puesto a pensarlo.

Chuck hablaba ahora sin mirar directamente a Carmela. Parecía estar empeñado en que el gato, los cuervos y las ardillas le dieran la razón.

—Finalmente, no veo por qué te preocupas. Ahora estás muy sana. En el caso de que estuvieras muerta, no te pondrías todos estos problemas. El problema sería mío. Solamente mío.

—¿Y en el caso de que tú murieras?

—¿Es eso lo que deseas?

—Espero que vivas muchos años.

—No me desees eso.

—Mejor hablemos de eso. ¿Qué ocurriría en ese caso? ¿Te das cuenta de que no estamos casados?... Tus familiares vendrían a echarme de la casa...

—Mejor no hablemos de eso —dijo Chuck con una voz que sonaba a que el tema ya no estaba en debate.

—Además parece que la lluvia se nos viene encima. ¿Te has dado cuenta?

Ella no contestó.

—A la lluvia se la huele. Antes de que aparezca, ya nos llega con un olor triste mezclado con tierra.

Carmela oteó la distancia esperanzada en que la lluvia interrumpiera su trabajo en el jardín. Sin embargo, las nubes oscuras se alejaron hacia el mar y, otra vez, el sol brilló sobre San Francisco.

Chuck cerró los ojos. Tenía la posibilidad prodigiosa de dormir cuando se le antojara.

Cuando ya era casi mediodía, el estadounidense despertó y continúo con su charla filosófica. En vista de que, felizmente, se había dedicado al monólogo y no le hacía preguntas, Carmela decidió dormir mientras trabajaba, o tal vez no lo decidió. Se quedó dormida e iba removiendo la tierra sin tener conciencia de lo que hacía. Tal vez, en esos momentos, pasaron junto a ella algunos espíritus. No los sintió.

—Carmela, Carmela, creo que otra vez estás haciendo mal el trabajo. ¿Qué pasa? ¿Te has quedado dormida?

Su cuerpo volvió a trabajar. Ella, no.

Una hora más tarde, el jardín estaba ya terminado. Chuck miró a Carmela con satisfacción y con mucho amor, y aseguró:

—Hemos hablado de temas trascendentes. Es el día más romántico de nuestras vidas.

Repitió:

—Es el día más romántico de nuestras vidas.

XIV

Sister Kaitlin

Apenas vio entrar en la parroquia a Carmela, *sister* Kaitlin sospechó que venía de lejos, que era desdichada y que necesitaba de ella.

Había conocido mucha gente triste en su vida y podía distinguirla hasta por la sombra que dejaba.

Pequeña, pecosa e intensamente colorada, de familia irlandesa, la religiosa se había criado en una comunidad de gente de ese ancestro que guardaba recuerdos de los padres y abuelos inmigrantes. De niña, habían escuchado historias acerca de gente de su país que había sufrido allá crueles persecuciones religiosas o el cerco del hambre.

Por eso era incondicional aliada de los inmigrantes. En la pequeña parroquia, trataba de ayudar a la gente recién llegada a estudiar inglés, buscar asesoramiento legal para conseguir una visa o encontrar algún puesto de trabajo eventual.

Se daba cuenta de que aquellos, en su mayoría, no tenían documentos válidos para permanecer o trabajar en el país, pero no les hacía preguntas. Al igual, hablaba con los parroquianos que necesitaban una persona de confianza que les cuidara a los niños, les limpiara la casa o les diera clases de español. Al final, los ponía en contacto.

Apenas puso pie en el umbral de la parroquia, la hizo entrar.

—Soy *sister* Kaitlin. ¿Te puedo ayudar en algo?

Se lo repitió en español.

— Soy *sister* Kaitlin, o sea, la hermana Catalina.

Carmela supo al instante que esa mujer iba a ser muy importante en su vida. Le sonrió:

—Gracias, prefiero llamarla *sister* Kaitlin.

—¿Te puedo ayudar en algo?

—Tal vez no.

—¿No?

—No lo sé. Estaba explorando los alrededores del lugar en que vivo y encontré esta iglesia. Creo que me basta con eso. Veo que, además, tienen ustedes una biblioteca. ¿Puedo venir aquí siempre?

—Tú sabes que sí. El padre Mark viene por las tardes, a las cuatro, para celebrar la misa. En cuanto a mí, permanezco todas las mañanas en la iglesia. En las tardes, si me necesitas con urgencia, siempre me encontrarás en San Francisco, en la catedral de Saint Mary of the Asumption.

Se hicieron muy amigas.

Carmela le contó que era de Colombia, y la monjita le dijo que había vivido allí durante dos años y que incluso había presenciado la llegada del Papa.

Sonriendo, añadió:

—¡Colombia, Colombia!..., el único riesgo es que te quieras quedar.

De inmediato, Carmela le preguntó si había visto el mar de San Francisco.

—¿Y tú, no?

En vista de que no contestara, comenzó a adivinar el resto de la historia, pero no le hizo preguntas.

—¡Claro que lo he visto!... No puedo pasar mucho tiempo si ver el mar.

Para ocultar la situación en que se encontraba, Carmela preguntó:

—¿Y es azul o verde?

—¿El mar?

—El mar.

—Suele ser azul. De un azul intenso. Estaba pintado así la última vez que lo vi.

Después quiso Carmela saber por dónde corría exactamente la carretera 101.

—Estás muy, pero muy cerca. La carretera 101 corre por toda la costa del Pacífico. Va por el norte hacia Canadá y cuando va por el Sur se convierte en la Panamericana para atravesar la costa occidental de América hasta Chile.

—¿Y aquí en California? ¿Me puede decir exactamente por dónde corre?

—Aquí cerca, por el puente más famoso del mundo, el Golden Gate. Está muy cerca de la catedral donde trabajo por las tardes. Alguna vez vas a tener que venir a verme.

—¿Entonces la carretera 101 me puede llevar a Colombia?

Ambas sonrieron con tristeza.

Sister Kaitlin le respondió con una antigua bendición celta:

«¡Que el camino salga a tu encuentro,
que el viento siempre esté detrás de ti!».

Conversaron más. La religiosa le dio las horas de misa los domingos.

—Puedes venir con tu... —vaciló. Terminó la frase—: Puedes venir con tu pareja.

—Él no está interesado en ceremonias religiosas, y el domingo tengo que atenderlo todo el día..., pero los otros días yo podría venir.

Se dio cuenta de que sus frases traslucían algo de su situación. Le contó un poco el resto.

—Carmela, Carmela, te repito lo que te dije al comienzo: ¿necesitas algo de mí?

Como Carmela no contestara, la monja añadió:

—En cualquier momento. No necesitas ni siquiera avisarme. Puedes venir a verme durante las mañanas aquí. Por las tardes, de todas formas me encontrarás en la catedral de Saint Mary of the Asumption.

Le obsequió un plano de San Francisco.

—No creo que pueda llevarlo. Chuck creería que me voy a escapar —dijo Carmela disimulando, como si estuviera haciendo una broma.

—Si no puedes llevarlo, déjalo aquí, pero te explicaré cómo se llega. Memorízalo. Y si quieres más datos, siempre podrás encontrarlos en internet.

Después, *sister* Kaitlin le mostró una pequeña pizarra. Allí se encontraban los nombres, direcciones y teléfonos de familias que requerían diferentes servicios.

—Si quieres, podrías trabajar unas horas. Podrías cuidar niños. Hay también una anciana que necesita quien la cuide.

Carmela se quedó en silencio. La monja lo interpretó como una pregunta.

—No, no te preocupes. Por esos pequeños trabajos, no te pedirán una visa. Nadie te la pedirá.

—¿De veras?

—De veras.

—Entonces se lo diré a Chuck. Le pediré permiso para ir a trabajar algunas horas.

Ahora fue la religiosa la que guardó silencio. Al despedirse, le dijo:

—Carmela, hay muchas cosas que no me has contado, pero adivino.

—¿Las adivina?

—Digamos que las monjitas de ancestro irlandés tenemos una doble vista.

No preguntó Carmela qué es lo que adivinaba.

—En todo caso, Carmela. Te lo repito. Si alguna vez necesitas de mí, ven a esta parroquia o a la catedral. Ya te he dado los datos, e incluso tienes mi número de teléfono. Memorízalo.

XV

Cuando un latino trabaja, un americano puro pierde su puesto

De todo se acordaba Carmela sentada en el suelo de la catedral de Saint Mary of the Asumption el 5 de julio de 2007. Recordaba todo lo que había hecho ese día. Se veía escudriñando los mapas de Google y hallando en ellos el lugar en que vivía y aquel al que se proponía llegar. Se veía pedalear por parques y calles hasta llegar un puente, y de allí regresar hasta la estación del tren que había descubierto en internet. Se veía cargando un maletín que solo contenía una muda de ropa y una pistola metida dentro de un plástico.

Recordaba también que pasados tres meses desde su llegada, no se había hablado de la necesidad del matrimonio. Por una delicadez excesiva, Carmela no había querido recordarle a su amigo esa urgencia, pero en las circunstancias del momento, ello era sumamente necesario. Había salido de su país con una visa de turista, y aquella expiraría pronto. Al acabarse los seis meses que le concediera el Servicio de Inmigración, debía regresar o convertirse en una extranjera ilegal. Pasado ese plazo, tendría que resignarse a vivir clandestinamente, cambiar de identidad, inventarse otros orígenes y trabajar con papeles falsos.

¿Trabajar? Ese era el otro asunto del que debía hablar con su compañero estadounidense. En una de sus largas caminatas, había descubierto una pequeña iglesia católica. La monjita a cargo de la parroquia la había dado una lista de familias que podían emplearla. La querían para el cuidado de niños y ancianos. Algunas de ellas la solicitaban a tiempo completo e incluso le ofrecían alojamiento. Se lo había contado a su compañero, pero él no había parecido escucharla.

—Ganaría algún dinero e incluso podría ayudarte en los gastos de la casa.

No hubo respuesta.

—Tengo mucho tiempo libre. Eso me distraería y sería muy provechoso para los dos.

Chuck seguía mirando al techo. De pronto, sus ojos apuntaron en dirección de la frente de su compañera.

—Cuando un latino consigue un puesto en este país, un americano puro pierde el suyo.

—Estoy hablando de limpiar casas y de cuidar bebés. No busco un puesto importante.

—Entonces, ¿quieres abandonarme?

—No he hablado de irme. ¡Todo lo contrario!

—¿Te has puesto a pensar en lo que cuesta la movilidad?

—Ellos me han ofrecido llevarme y traerme de vuelta.

—Sí, claro. Y, en una de esas, resulta que te gusta más la vivienda de tus patrones.

—¡Por favor!

—¿Quieres que se enteren de que eres una ilegal?

Nada pudo responder ella. Él continuó con su discurso.

—Darán parte a la Policía. Te pondrán en el primer avión que vuele fuera de este país. A mí, me llevarán a la cárcel... No pensaba que fueras tan ingrata.

Carmela había comenzado a llorar en silencio.

—¡De ninguna forma! No trabajarás en ningún lugar que no sea esta, tu casa. Nadie tiene que enterarse de que vives aquí.

—No quería ofenderte. No he pensado en nada de eso.

—¿Ofenderme?... ¡Me estas humillando!

—Solo quería...

No la dejó continuar.

—Tú estás mal de la cabeza.

Carmela lo escuchó asustada y se miró en el espejo más cercano como si ella dudara también de su sano juicio.

—Sí, mira la cara que tienen las locas.

Ella bajó los ojos. Chuck parecía estar seguro de que su compañera no repetiría el intento.

No volvieron a hablar de ello durante algunas semanas.

XVI

Carmela, Chuck y San Valentín

—¿Sabes qué día es mañana? ¿No?

—¿Mañana?

—¡Mañana!

—Mañana es 14.

—El 14 de febrero, Día de San Valentín.

—¿Y?

—Lo vamos a celebrar. Es el Día de los Enamorados.

Carmela estaba confusa por los cambios que Chuck mostraba frente a ella. Pasaba de mostrarle el más intenso amor a la disciplina más estricta. Ahora, parecía querer pasar de capataz enamorado.

—¡Lo vamos a celebrar en grande!... Y quiero que mañana tengamos una hermosa cena de San Valentín... Para ello tendrás que preparar tamales.

—¿Tamales?

—¡Tamales!

—¡Me encantan! Tenemos tamales en todas las regiones de Colombia. Los de Cundinamarca, a los que se les añade calabaza. Los de Santander, que son de maíz con tocino, costilla de cerdo, gallina y garbanzos. Los de Tolima, que llevan arroz y maíz blanco seco, gallina, carne de cerdo, huevos... y que no falte el comino.

—¡No, no, no! —la interrumpió Chuck. Vas a hacer los tamales tradicionales que aprendí a comer cuando vivía en México.

—No conozco la receta...

—Pero yo sí... Y aquí la tengo apuntada.

Le mostró un papel amarillento en el que había una receta.

—Esto harás mañana. Te levantarás muy temprano para que pongas las hojas del maíz en remojo. Tendrás que hacerlo en el traspatio. Es mejor que las hojas del maíz se encuentren así, a la intemperie, para que el aire de la noche le dé mejor... Eso es lo que me dijeron en México.

A las tres de la mañana del Día de los Enamorados, Carmela se encontraba ya en el traspatio de la casa. Prendió una linterna. Encontró un recipiente hondo donde había puesto agua con sal y allí dejó las hojas de maíz.

Pero allí no terminaba la preparación. Tan solo comenzaba. Luego contó las mazorcas de maíz. Chuck no quería que trabajara con un paquete de harina de maíz, sino que la preparara.

—Los paquetes no dan confianza. No sabemos si los fabricantes habrán utilizado elementos químicos —le dijo.

Tomó una de las mazorcas y comenzó a desgranarla. Estaba algo dura y tanto sus uñas como sus dedos le dolían. Después de media hora, se dio cuenta de que con una cuchara podía hacer la misma operación. Era mucho más fácil así. Cuando terminó las mazorcas, levantó los ojos hacia el cielo y se encontró con manadas de estrellas que parecían avanzar juntas hacia el mismo rincón del universo. Se pregunto de qué material estaban hechas. Se preguntó de qué material estaría hecha ella.

Había pensado que la operación de poner las hojas de plátano en remojo y luego preparar la harina le significaría una hora y luego volvería a la cama, pero no fue así.

Había comenzado a las tres de la mañana, pero a las siete recién estaba terminando de moler el maíz. Después tuvo que batir la manteca de cerdo hasta que aquella se tornara esponjosa.

Siguió batiendo, y le agregó un poco de azúcar, sal, comino, harina y levadura. Luego, la pasta comenzó a adquirir una consistencia diferente. De ser amarilla había pasado a ser algo morena y más humana.

A las siete de la mañana, el gato apareció en el centro del patio porque, después de perseguirla en otros lados, había logrado atrapar una pequeña paloma. En el momento en que estrujaba a su víctima, no advirtió que estaba siendo observado. Tres cuervos posados sobre el arce lo miraban muy atentos. Lo vieron ejecutar la cacería y, cuando supusieron que estaba distraído, saltaron de la rama y se fueron contra la cabeza del felino.

Aquel se levantó sobre sus cuartos traseros. Como si fuera un hombre o un luchador, les mostró los brazos. Los cuervos entonces lo abandonaron por un momento. Alzaron vuelo hacia lo más alto del cielo, pero luego bajaron en picada para tratar de matarlo. Así lo hicieron varias veces, pero el felino se defendía, y trataba de mantenerse erguido. No permitía que le hicieran perder su dignidad.

Carmela siguió batiendo más manteca y luego la añadió a la mezcla porque había notado que se requería un poco más de ella.

En un cuenco, mezcló el maíz con pimiento troceado y con queso. Sobre una hoja de plátano extendió una cucharada de la masa y otra cucharada del cuenco del maíz. Luego comenzó a plegar cada hoja y confeccionar los paquetitos rectangulares característicos. Cuando terminó de hacerlo, ya era bien entrada la mañana, las diez más o menos, y Chuck la miraba muy atentamente desde la sala. Carmela no había probado ni un bocado mientras tanto. Desde la ventana, Chuck le gritó:

—Un beso para Carmela.

Añadió que Carmela mostraba realmente que sabía lo que significaba ese día maravilloso.

—¡Tienes espíritu de San Valentín!

La cena fue programada por Chuck para las seis de la tarde. Carmela terminó de hacer los tamales y otros platos adicionales al mediodía. El almuerzo consistió en un sándwich calentado en el horno a microondas. Chuck tenía por lo menos un centenar en el congelador.

—Te voy a explicar por qué es importante lo que has hecho —dijo Chuck—: En primer lugar, prefiero que el tamal sea hecho de grano seco de maíz molido y no comprado en paquetes. Es nuestra tendencia entre los americanos que nos consideramos políticamente correctos.

Agregó que, a diferencia del trigo, la cebada, el centeno y la avena, el maíz carece de gluten, por lo cual su digestión es excelente para las personas con insuficiencia celiaca o intolerancia al gluten.

—Además —concluyó triunfal—, así nos aseguramos de que el tamal es un producto orgánico.

Mientras comían el sándwich, Carmela se preguntaba por la hora en que aquello terminaría. Tenía ganas de que el maravilloso día se acabara. La vencían el cansancio y el sueño.

Después del almuerzo, Chuck dio la orden de jugar casino.

—Es una idea excelente, mi amor. Así celebra una pareja americana el día universal de los enamorados.

Estaban a uno y otro lado de la mesa. Mientras le hablaba, Chuck se inclinaba hacia delante y sus ojos se veían ávidos y enormes.

A las seis de la tarde, luego de los juegos y de una hora que le concedió Chuck para que viera en televisión su serie favorita, Carmela regresó a la sala, donde ambos iban a celebrar el Día de San Valentín. Para su sorpresa, comerían en una pequeña mesa que estaba instalada ya frente a la ventana. Además, Chuck había puesto en el tocadiscos una serie de canciones de Los Panchos:

«Te seguiré hasta el fin de este mundo.

Te seguiré con este amor profundo.

Solo a ti entregaré el corazón, mi cariño y mi ser.

Y por nada ni nadie en el mundo te olvidaré».

Chuck había abierto una botella de vino y había dispuesto dos copas.

—Es un día grande —dijo Chuck—. Por favor, pélame uno de los tamales.

Comieron en silencio. Lo único que se escuchaba en esa casa y en el mundo era la voz inmortal de Los Panchos.

«Yo te daré de mi vida el anhelo.

Y tú serás ese faro de luz.

Luna de miel para los dos, siempre serás mi amor».

En silencio, el estadounidense, aparte de otros alimentos, consumió media docena de tamales, pero no hizo comentario alguno. Por fin, Carmela preguntó:

—¿Te gustaron?

—Sí, estaban buenos. Era un buen maíz.

Cuando terminó la cena, Chuck levantó la copa del vino y comenzó a contarle los orígenes del Día de San Valentín.

Mientras hablaba, fue llegando la noche. Carmela se levantó para prender la luz de la sala, pero Chuck la detuvo con un gesto de la mano.

—No, no la prendas. Es más romántico así.

Así, la casa oscureció por completo y los únicos personajes eran las sombras del mundo de afuera. Después, las sombras se fueron enfriando y aparecieron las estrellas.

Las estrellas dieron paso un rato más tarde a una luna gigantesca que parecía dispuesta a iluminar todos los costados del mundo y de los seres. Carmela tal vez tuvo la ilusión de no existir, de que lo único que existía era lo que estaba allí afuera. La ventana seguía abierta y el rostro de la mujer estaba húmedo. Afuera las ardillas habían salido a jugar creyendo que era de día. Una vez más, los cuervos sobre el árbol quisieron sorprender al gato, y otra vez el gato los atacó. Fue una batalla de sombras. Carmela, en esos momentos, quería bendecir la noche o quizá hacer que se retardara un poco el planeta en su girar incesante para que siempre fuera ese momento.

Chuck volvió a su charla sobre el amor.

Con un gesto, ordenó a Carmela apagar el tocadiscos. Parecía dispuesto a que la suya fuera la única voz de la casa.

A Carmela ya nada le importaba. Tampoco lo escuchaba. Su vista estaba fija en lo que ocurría en el jardín. Pudo observar a lo lejos las montañas iluminadas por la luna. En ellas adivinó un camino. Sus ojos se fueron siguiendo ese pequeño camino y se le ocurrió que aquel daba vueltas por las montañas, llegaba hasta la costa y de allí se iba serpenteando hasta llegar a América del Sur.

Después pensó que ella estaba caminando por allí. Era tal vez la carretera 101, la carretera de la esperanza.

Por un instante, Carmela tuvo que escuchar a Chuck impartiéndole algunas órdenes sobre las tareas del día posterior.

—Hoy ha sido un día muy importante, muy hermoso para nosotros, pero todo lo que hayas gozado no puede hacerte olvidar de tus tareas.

—Mañana te levantarás muy temprano porque hay mucho más cosas que hacer en el jardín.

La noche seguía prendida. La luna se expandía. El camino que Carmela observaba era ya lo único que existía en el universo. Por él, se imaginaba yéndose.

Mientras caminaba, avanzó hacia el sur pensado que llegaba hasta Colombia, pero en esos momentos la voz de Chuck había reemplazado al tocadiscos. Ahora era él quien estaba cantando en voz muy alta, casi en sus oídos:

«Te seguiré hasta el fin de este mundo,

te seguiré hasta el fin de este mundo...».

XVII

El espejo vibraba durante la visita

Una noche, Chuck le anunció que al día siguiente su hijo llegaría a visitarlo, acompañado de Alex, su bella *girlfriend*, a quien él tan solo conocía en fotografía.

—Creo que vienen para contarme que van a casarse. Ojalá que se trate de eso. Mi hijo me debe unas disculpas porque solo ha venido a visitarme una vez desde que su madre me abandonó.

—¿Mañana, dijiste? ¿Mañana por la mañana?

—Eso. Nosotros siempre hablamos por teléfono. Él finge desconocer el paradero de su madre. La única vez que me visitó, me preguntó si yo lo sabía.

Carmela estaba fregando el suelo y quiso levantarse cuanto antes para llevar su ropa a la máquina lavadora. No tenía mucha. El único vestido digno de ser lucido en público era el delgado enterizo negro, pero recordó que acentuaba sus formas y le pareció que solo Chuck podía verla así.

—Me hubiera gustado estar preparada. Quizá habría podido arreglar la falda y la blusa de colores, y ponerme encima de ellos la chompa de alpaca que traje de Colombia —comenzó a decir sin levantarse del suelo. Chuck la miraba algo confuso desde su silla de ruedas.

En voz alta, como si recitara, ella pasó revista de los zapatos que usaría y por fin recordó que tenía un vestido algo anticuado pero bueno para la ocasión. Luego indagó si los visitantes en la mesa compartían los gustos frugales del dueño de casa. Por fin, saltó a sus labios la pregunta que en verdad quería hacer:

—¿Crees que les gustaré?

El hombre tardó un poco en responder. Se levantó de la silla apoyado en el bastón ortopédico, se miró en el espejo de la sala, abrió la ventana y atisbó el jardín. Se demoró tanto que Carmela pensó en repetir la pregunta.

—Creo que no me has entendido bien —comenzó Chuck—. Esta visita no es una presentación formal. No lo es. No tiene por qué serlo.

Se sentó otra vez y miró hacia el techo como si estuviera esperando una inspiración.

—No vienen a conocerte ni saben el tipo de relación que hay entre nosotros. Yo diría que ni mi hijo ni su amiga, ni ninguna otra persona en este país, saben que te encuentras aquí.

Calló un instante, y reiteró:

—Creo que eso es lo más conveniente.

Repitió:

—Es conveniente que nadie sepa por ahora que te encuentras en este país ni en esta casa.

Hablaba frente a un espejo en el que se reflejaban las imágenes de los dos.

—Naturalmente, tú saldrás a recibirlos, pero luego te recluirás en el cuarto del sótano. El aparato de televisión que hay allí es excelente.

El espejo comenzó a cambiar de color para Carmela. Desde dentro del mismo, un Chuck que ya era diferente, le explicaba con voz metálica.

—Les he dicho por teléfono que eres mi enfermera. Que Medicare te ha contratado para que me ayudes.

El espejo vibraba.

—No sería conveniente que le contara lo nuestro a su madre. Como sabes, ella me dejó por otro hombre y creo que están viviendo en Canadá. Supongo que se comunica con mi hijo.

El timbre de voz del hombre que le hablaba ya no era el de su hombre.

—Tú y yo no queremos que ella inicie el divorcio, ¿no? No queremos que ella me acuse de adulterio y me quite la mitad de lo que tengo.

Era fácil para Carmela hacer el inventario de los escasos bienes de Chuck. No tenía nada más en el mundo que una casa destartalada, una pensión de 917 dólares y los servicios sociales de invalidez. Pensó que ningún juez dividiría eso, pero decidió olvidar esos detalles y tratar de creerle.

—Tú misma correrías peligro. No quiero repetir lo que te he dicho antes, pero tengo que hacerlo. La denuncia revelaría que estás aquí de ilegal, y los servicios de inmigración te deportarían después de haber pasado una temporada en la cárcel.

Carmela recordó que el pequeño sótano era la mansión de Charles, el gato blanquinegro que la había arañado a su llegada a casa y que después se había tornado en amigo suyo. Era además un sitio reservado en el que Chuck guardaba allí ciertos recuerdos del pasado que prefería por ahora no compartir.

—Como te decía, saldrás a recibirlos y luego te volverás al sótano. Es posible que te llamemos para que nos sirvas el café. Vas a usar el vestido negro. Claro que las enfermeras se visten siempre de blanco, pero no tenemos un vestido de ese color... En todo caso, negro es el uniforme de las institutrices.

Los visitantes se adelantaron y llegaron a las 11 de la mañana, aunque eran esperados para después de almuerzo. Carmela había bajado al sótano para ponerlo en orden y la puerta principal estaba abierta, de modo que no tuvo que salir a recibirlos. Se imaginó que Chuck prefería estar solo con ellos.

Todavía no era la hora de *Law and Order*, el programa que adoraba en la televisión, que seguía desde Colombia y que era toda su vida interior en Estados Unidos. Se puso a mirar por la pequeña ventana y sintió algo de miedo. Le preocupaba estar perdiendo la voz porque, durante la mayor parte del tiempo, era él quien hablaba y ella quien escuchaba u obedecía. La ventana dirigida hacia el lado donde debía estar el mar le ofrecía el paisaje de la distancia. Por primera vez, pensó que hubiera sido preferible quedarse en Santa Marta.

De pronto, sintió algo. Era otra vez Charles, el gato que se le escurría entre las piernas de ida y vuelta. Luego de una vida bohemia y salvaje, era un gato capón. El gringo lo había mandado castrar cuando comenzó a buscar hembra. Por eso se había transformado en gordo, hermoso y sedentario. Carmela se dijo que el felino, sin embargo, no había perdido su naturaleza de gato, que consiste en ser salvaje y, a veces, en transmitir sus pensamientos a las personas a pesar de que sus ojos de cristal brillaran verdes sin decir nada.

Todo el mundo habla con sus gatos, se dijo y le dijo al gato que la locura del amor suele transformar al tiempo en una entidad chata sin después de después. Cuando chateaba con Chuck y cuando aceptó su invitación, no había pensado qué era lo que ocurriría después de llegar a Estados Unidos, después de ver a Chuck en el aeropuerto, después de amarse como locos, después de que pasara toda esa primera locura, después de venir cayendo del espacio por el torbellino del amor. Y nunca se había preguntado: ¿Al tocar fondo, qué pasaría? ¿Vivirían como una pareja sosegada? ¿Sosegada y muda? ¿Ardiendo ella de ganas frente a la figura sentada e inmóvil de Chuck? ¿Sentada y mirando la cara de Chuck por toda la eternidad?

Tenía frío y hambre, y, para olvidarlos, cerró los ojos. Hablando casi en sueños, le confesó al gato que lo mejor de su vida eran las noches, soñara o no. Le contó que en los días, al jugar póquer, jugada tras jugada siempre ganaba Chuck y el resultado era siempre, la misma, limpia, royal, aséptica y aburrida escalera de espadas.

—¿Qué tal si dejamos el póquer y vemos a *Law and Order* en la televisión?

—¿*Law and Order*?

— *Law and Order.*

—

—Me asombra que me lo pidas. Si tenemos que ver televisión, preferiría un canal educativo o el canal meteorológico.

—¿Qué tal Elliot Stabler u Olivia Benson?

—¿Qué tal *The World Series de Baseball*? —retruco él.

Esta vez ella no quiso dejarse vencer:

—El Capitán Donald Cragen, John Munich, Ice Tea, Ed Green, Joe Fontana, Connie Ruborosa, Alexandra Borgia y Jack McCoy...

—¿De veras crees en ellos?

—¡De veras!

—Tal vez deberías recordar que son seres ficticios...

Le explicó que los personajes de esa serie eran solo fantasmas y que verlos todos los días y vivir sus dramas ficticios como ella lo hacía a solas era demostrar cierta necedad. Aunque no le creyó, esas opiniones la hicieron sentir devastada.

Desde entonces, como lo hacía ahora, se sentía obligada a ver su serie favorita a solas en su dormitorio y, esta vez, en la oscuridad del sótano.

Acaso de hambre porque todavía no había probado alimento hasta esa hora, se quedó dormida. Al despertar, una hora más tarde, se encontró de nuevo con *Law and Order* en el receptor de televisión. Era el día en que pasaban juntos todos los episodios de la semana. Pasaron más de cinco horas, pero los visitantes no daban señales de irse. Puso todo volumen para no escuchar conversaciones ajenas, pero luego lo bajó para no ser bullanguera. En la pantalla, cinco veces los detectives capturaron a abominables violadores, siguieron la pista de asesinos en serie y desenmascararon a personas de rostro simpático y afable que guardaban cadáveres en el sótano. Ninguno de estos espantos logró quitarle el hambre.

Sin embargo, su llanto fue imparable cuando la bonita detective Alexandra Borgia fue secuestrada. Una semana la buscó la Policía.

Distritos enteros fueron barridos por las brigadas y decenas de maleantes fueron detenidos, pero nadie dio la menor pista. Por fin, una llamada anónima reveló dónde se encontraba. La encontraron en la maletera de un carro. Había sido torturada todo el tiempo y por fin la metieron dentro de una bolsa plástica hasta que se asfixió.

—¡Carmela!...

No escuchó la voz de Chuck que la llamaba porque estaba enfrascada en la televisión. El fiscal investigador Jack McCoy había dado por fin con los criminales, pero no los podía poner tras las rejas debido a las escaramuzas de sus abogados y a la debilidad del sistema legal estadounidense. La cámara mostró otra vez el rostro atormentado y los ojos muertos de Alexandra, y Carmela volvió al llanto.

Por fin, McCoy había armado una artimaña. Violó algunos procedimientos judiciales, pero encarceló a los malditos asesinos. Carmela se sentía aliviada.

Había pasado seis horas encerrada, pero no se atrevía a salir para no incomodar a su compañero. De pronto, escuchó que aquel la llamaba.

—¡Carmela! ¡Ven un instante, por favor! ¡Quieren conocerte!

Esta vez no necesitó que le repitieran el pedido. Salió del sótano a toda prisa y se encontró con un hombre de unos 35 años muy parecido a Chuck, y con Alex, su novia, una muchacha cuyo rostro le pareció vagamente conocido.

¿Vagamente conocido? No. El rostro de Alex era el mismo de Alexandra Borgia, la guapa detective de *Law and Order*... Como si fueran la misma persona.

—Jim. Ella es Carmela, la *nurse*. Ya te conté que Medicare me la ha enviado.

—¡Qué extraño! —dijo el llamado Jim—. Usted parece blanca. Tiene los ojos azules y la piel blanca. Mi padre nos contó que era latina.

Carmela no tuvo tiempo de explicarle que «latina» era una denominación cultural o geográfica, y que había Carmelas de todos los colores. Solo le contó que había nacido en Colombia.

—¡Ah, no! Entonces es latina. Es usted una mujer de color. ¡Qué bien!... Por favor, Carmela, cuídelo mucho. Las señoras que vinieron antes también eran latinas y me parecieron muy buenas personas, pero se fueron de repente. Desaparecieron.

—¿Las señoras? ¿Qué señoras? —Carmela no se pudo contener. Hizo la pregunta mirando a Chuck.

El estadounidense no respondió. En vez de ello, comenzó a toser.

—¡Cómo! ¿No se lo ha contado mi padre?... Charo, Irene y Emperatriz trabajaron aquí con mi padre. Creo, incluso, que Irene era colombiana. Me parece, además, que Emperatriz era del Perú. ¿O era de Bolivia?

—Hace mucho calor en estos días —trató de cambiar la conversación el dueño de casa.

—¿Qué pasó con ellas, *dad*?

—Nada. ¿Qué podría haberles pasado?

Esta vez, intervino Alex:

—Parece que a usted le gustan las latinas —aseveró sonriente.

A Chuck, el comentario no pareció gustarle mucho. Levantó la cabeza y caminó hacia el otro extremo de la casa como si quisiera perderse de vista.

Un evento inesperado retrasó la partida de Jim y Alex. La flamante 4 x 4 en la que habían llegado no quería arrancar. Chuck dijo que en la guerra había aprendido mucho de mecánica, y pidió abrir el capó para echarle una mirada, pero el propietario se negó.

—Eso será en los carros de tu época, *dad*, pero no en los de hoy. Esta 4 x 4 se encuentra dotada de computadoras muy sensibles, y temo que las echemos a perder. Voy a llamar a la Triple A para que me saque del apuro o, por lo menos, remolquen el vehículo hasta un taller especializado.

—Tardarán dos o tres horas. Estamos fuera del radio urbano. Déjame verlo — insistió.

—No, *dad*. Como nos vemos tan pocas veces, hoy tendremos siquiera unas horas más para conversar.

El muchacho levantó el celular y, luego de una interminable comunicación con una voz grabada, consiguió que la Triple A le ofreciera servicio. No se sentían obligados a dar la hora aproximada en que ello ocurriría.

Padre e hijo entraron de nuevo a la casa. Cuando estaba por hacerlo Carmela, Alex la detuvo tomándola por el hombro y sonriéndole:

—La mujeres nos vamos al jardín —le dijo en perfecto castellano.

Carmela hizo un gesto a Chuck para saber si aprobaba su salida con Alex, pero él miraba en ese momento hacia la 4 x 4, y además la muchacha la había tomado del brazo y la conducía. A ella le preguntó por qué se llamaba Alex.

—En mi país, es un nombre para varones.

—Es una abreviación. En realidad, me llamo Alexandra..

.

Se pasaron varias horas conversando a solas. Caminaban por el jardín y por el parque de enfrente de la casa.

Como lo anticipaban, la Triple A tardó cerca de tres horas en llegar y una hora más en intentar la reparación. Por fin, lograron lo que se proponían. Cuando Jim y su compañera hubieron desaparecido en el horizonte, el anfitrión y Carmela se fueron directamente a dormir.

A la mañana siguiente, en plena partida de póquer, Chuck preguntó:

—¿Y de qué conversaban tanto Alex y tú?

—¿Alex? ¡Oh, es muy simpática! Habla español porque estuvo casada con un chileno, y tiene un hijo pequeño.

—Pero ¿de qué hablaban?

—¡Oh, sí! ¿De qué hablamos? ¡De lo que hablan todas las mujeres! ¡De los hijos, el jardín, las hormigas en la casa!

Chuck pareció satisfecho con la respuesta, pero dos horas más tarde interrumpió el juego de naipes, para aconsejarle:

—Por más simpática que sea, ¿no le habrás contado cómo llegaste? ¿No?

—¡Oh, no, si siquiera me lo preguntó! Es muy prudente.

—Te lo repito, ten mucho cuidado. No hables con extraños. No les cuentes cómo llegaste. Hasta ahora no hay nadie en Estados Unidos que sepa dónde te encuentras. Si llegaran a saberlo, podrían deportarte. Y eso no es todo lo que te harían.

Era evidente que Chuck iba a continuar con el discurso. Carmela lo atajó con la pregunta:

—Cuando se despedían, Jim me pidió que te cuidara y me hizo saber que ya antes habían vivido en tu casa otras señoras. No me lo habías contado.

—¡Oh, no, no! ¡Y tú te lo creíste! Fueron *nurses* de verdad enviadas por Medicare. No fueron mis amantes. No eran personas de quienes me hubiera enamorado como nos ha ocurrido en esta increíble y maravillosa historia de amor que estamos viviendo. Eso ocurre pocas veces en la vida.

No replicó Carmela. Siguió el póquer. Tal vez Chuck pensó que no había sido bastante persuasivo. Se levantó, prendió el aparato de música y escogió la única canción que se escuchaba en esa casa:

«*El amor de Carmela*

me va a matar.

El amor de Carmela

me va a matar».

A Carmela le pareció que aquel era el momento ideal para conversar con su compañero sobre los temas que antes no se había atrevido a tratar. El más urgente era el referido al futuro de ambos.

— Chuck, ¿te puedo hacer una pregunta?

—¿Pregunta?

—Una sola.

—¿Quieres saber más acerca de Charo, de Irene o tal vez de Emperatriz?

—¡Oh, no! No se trata de eso.

—¿Entonces?

—Me basta con la explicación que me has dado.

—¿So?...

—¿Cuándo vamos a casarnos?

—¿Casarnos?

—Casarnos... Me lo ofreciste cuando me invitaste a vivir a Estados Unidos.

—Sí, claro..., pero todavía hay que esperar un poco...

—¿Esperar?

—Esperar a que mi ex quiera casarse con otro, y sea ella quien me pida el divorcio. Ya te he dicho que si yo se lo pido, me exigirá esta casa y toda mi pensión a cambio.

Ya se habían cumplido los seis meses de la permanencia en Estados Unidos que le habían concedido a Carmela al entrar al país. Después de eso, corría peligro.

Sin embargo, no se atrevió a tocar ese punto porque le habían enseñado que el papel de mujer interesada es nefasto. Prefirió contarle que, explorando la biblioteca de San Francisco a través de internet, había descubierto una sección de español provista de miles de libros. Agregó que deseaba pedir prestados algunos. Antes de que terminara, Chuck le explicó que no podían ir a la ciudad, pero ella estaba preparada para la respuesta y le hizo saber que un autobús de la biblioteca pasaba por las casas entregando los libros. Chuck repuso que hacía falta inscribirse y que eso costaba dinero.

Carmela se había equivocado por completo. Chuck no estaba con el ánimo para hacer concesión alguna. Hizo el intento de conciliar:

—¿Te has puesto a pensar, Chuck, cuántos meses estamos juntos?

El aludido miró el calendario, pero no respondió.

Ella trató de hacerlo recordar:

—Seis meses, Chuck. Estamos a punto de cumplir siete meses.

—¿Y ahora qué? ¿Vas a continuar con tu pliego de reclamos? Hace unos días me dijiste que querías trabajar fuera de la casa. Me contaste que te habían dado en la parroquia una lista de empleos para mujeres como cuidar niños o ancianos y limpiar casas, y esperaste mi reacción. Es conveniente que sepas que soy pobre, y no me sobra dinero para pagarte la movilidad.

—Te dije...

—Me dijiste...

—Te dije...

—¡Ya sé..., ya sé! Me dijiste que ellos mismos te llevarían y traerían de vuelta. No, Carmela. Tu sitio no está allí. Tu sitio está en esta casa, y a mi lado para siempre.

Algo quiso replicar Carmela, pero su compañero se lo impidió.

—¿Te has fijado en las paredes de la casa? ¿Has visto alguna vez otras más blancas? No, Carmela. Imagina que este es un mausoleo, nuestro mausoleo, el mausoleo de los enamorados.

Agregó:

—No hay líneas de tren. Tendrías que tomar muchos buses y, al final, quizá regresarías al punto de origen. Para que te orientes un poco, te lo voy a decir: aquí no estamos ni siquiera en San Francisco. Este es un suburbio pobre de Oakland. Le dicen Sem City.

Carmela se atrevió a responder que no pretendía que él le pagara la movilidad. Bastaba con que ella llamara por teléfono y vendrían a buscarla. Todo lo que deseaba era ser útil y ganar algún dinero por su cuenta para apoyarlo y para hacer pequeñas compras de ropa que estaba necesitando.

—¡Eso suena muy bien! ¡Claro! La sacrificada Carmela trabaja todo el tiempo para ayudar a su pobre inválido. ¡Suena bien, pero es falso! Si vas a trabajar en otros lugares, no tendrás tiempo alguno para dedicarte a esta casa. No podrás limpiar la casa ni lavar la ropa ni darme masajes ni auxiliarme en mis necesidades. ¿Esa es la manera con que pagas mi amor? ¿Los sacrificios que he hecho a fin de pagarte el pasaje a Estados Unidos? ¿El lecho que te doy en esta casa?...

No se habló más. Al día siguiente, Chuck reanudó su charla e incidió en los peligros que corre una mujer que trabaja sin papeles legales. Si la detenían, la pondrían en una cárcel común para hombres y mujeres.

—¡Todo tipo de gente: vagos, ladrones, prostitutas, drogadictos! ¡Sabe Dios lo que te ocurriría!

Por el monólogo que siguió, se dio cuenta Carmela de que nadie sabía dónde se hallaba. Si ella desapareciera, de pronto sería como si hubiera desaparecido un fantasma.

El hombre que había acompañado a Chuck al aeropuerto no era un amigo suyo, sino un chofer contratado. Además, no los había llevado a casa, sino a una estación del tren. A la salida de aquella habían tomado otro taxi, cuyo conductor ni siquiera los miró. Si ella desapareciera de pronto como habían desaparecido las otras señoras que cuidaron a Chuck, nadie lo sabría. Ni siquiera los esforzados detectives de *Law and Order*. Nadie podría darles una clave.

La barba de Chuck, de un negror infinito, tuvo otra vez reflejos azules.

—Ni siquiera los muchachos lo saben. Ni Jim ni Alex saben quién eres tú realmente. Recuerda lo que pasó cuando vino el chofer de la Seguridad Social... ¿Qué pasó? Lo despedí, y tú y yo nos fuimos en bus.

—¿Lo despediste?

—Lo despedí porque no quería que te viera y porque todo el tiempo pienso que incluso los mudos pueden hablar si la Policía los interroga. ¿Y todo eso para qué lo hago? Para protegerte, *honey*. Para protegerte. Y después de todo lo que he hecho por ti, ¿qué es lo que piensas hacer? ¿Abandonarme?

Ella estaba callada.

—Te recomiendo que no camines muy lejos. Podrías parecer rara y alguien podría pedirte tu identificación... Recuerda que no tienes ningún documento, *honey*. Ni siquiera tienes tu pasaporte porque lo he guardado yo, *honey*, para protegerte.

Por toda respuesta, Carmela lo abrazó llorando. Luego el hombre se tendió de espalda, y ella comenzó a darle masajes.

XVIII

Chuck no era Chuck. Era un detective de la tele

Tal vez ella se quedó dormida mientras administraba los masajes, pero siguió dándolos. Soñó que Chuck no era Chuck. Era en realidad Elliot Stabler, uno de los detectives de *Law and Order*, y estaba viviendo en ese lugar para cumplir con una misión encubierta. Lo vio bajar al sótano, tomar una de las pistolas e ir al encuentro de los maleantes. Ella se sintió la esposa sacrificada y feliz, y le preparó un desayuno con *ham and egg* al estilo de los años 50, porque, en el sueño, Chuck ya no era tan políticamente correcto y era capaz de ingerir alimentos ricos en colesterol. Mientras desayunaban en el sueño, sonó el teléfono. Era el capitán Donald Cragen, el malhumorado jefe de su marido, llamándolo con urgencia porque habían descubierto dos cadáveres flotando en la bahía.

—¿Estás durmiendo?

Apenas tuvo tiempo Elliot para darle un beso y decirle «*I love you*». Se puso un abrigo encima y partió a cumplir su misión.

—¡Carmela! ¿Te estás durmiendo?

Se despertó en el momento en que Chuck le ordenaba:

—¡No te duermas! Frótame la columna. Te he dicho la columna, no los hombros. ¡No te duermas!

Carmela se esmeró en mantener abiertos los ojos y en no recordar más los capítulos de *Law and Order*. Sin percibirlo, pasó a ser personaje de *West Wing*, esa serie que relata la vida en la Casa Blanca. Ella era C. J. Cregg, la secretaria de prensa del presidente Josiah *Jed* Bartlet.

En ese momento, le estaba haciendo masajes al presidente de Estados Unidos.

—CiYei, tienes unas manos de seda.

—Gracias, señor presidente.

—Los que no tienen manos de seda son los rusos de la era poscomunista. No las tuvieron entonces. No las tienen ahora.

—¿Prefiere usted que trascienda el problema que ellos acaban de tener con otra planta nuclear? ¿Quiere que se lo cuente a mi contacto en *The Washington Post*?

—No exageres, CiYei.

—Entonces convocaré a la prensa...

—No exageres, Carmela. Me estás desgarrando la espalda —protestó Chuck y agregó—: Parece que otra vez te has quedado dormida.

A partir de ese día, Carmela dedicó las tardes a caminar. Las mañanas estaban consagradas a jugar póquer con su compañero, a masajearlo y a cumplir con las tareas de casa. Por las tardes, mientras el hombre dormía, ella caminaba largos trechos y, al regresar, se entregaba a su trabajo en el sótano.

Una tarde, mientras intentaba escribir un *e-mail* a una amiga de Santa Marta, escuchó la voz del gringo hablándole entre sueños.

—Haces bien en escribirle a Marta Sepúlveda porque siempre le dices que todo está bien, y ella no te hace preguntas idiotas. Solo te dice que lo que tiene que ser será. Creo que es budista. ¿Lo es?

Volteó a mirarlo, pero él seguía dormido. Recordó entonces que su hombre se jactaba de su capacidad de entrar en los más secretos correos electrónicos.

—Por tu propia seguridad, *honey*, tengo que saber a quiénes les escribes.

Ya casi no contaba los días. A la dama de Colombia le pareció que un lunes seguía a otro lunes sin pasar por el domingo. El tiempo corría más veloz, y excedió con creces su plazo de permanencia legal en Estados Unidos. Por la noche, quería irse dormida de regreso a Santa Marta, pero hasta los sueños la retenían. Soñó que era asesinada y enterrada en el jardín. Después aparecían los héroes de *Law and Order*, pero no la veían ni lograban saber quién había sido su asesino.

Por último, en las tardes, mirando a Chuck dormir todo el tiempo, escuchando su voz de santo que hablaba en sueños, recordó las palabras del párroco de Santa Marta cuando, relamiéndose, le explicó lo que era el cielo. La presencia del Señor arriba y abajo, enfrente de uno, a los costados y detrás se le antojó semejante a la contemplación perpetua del rostro pálido y de los ojos azules dormidos pero eternamente abiertos de Chuck.

Sentado en una enorme silla de paja, con la masa de cabellos blancos flotando a uno y otro lado de su rostro, le parecía por momentos un Julio Iglesias gringo, en otros ratos al Señor de los Cielos tallado viejito en el techo de una iglesia de Santa Marta. En sueños, quizá, él arreglaba los problemas del universo; ella solamente se entregaba a la esperanza. No era paciencia la suya, era la esperanza absurda de ver algún día que la enorme silla de paja comenzara a alzarse y se lo llevara hasta el cielo para siempre. En esos momentos, la voz del gringo dormido tarareaba alguna melodía ininteligible. A ella le parecía el rumor de las olas en Santa Marta. Las olas bramaron como para devorar el mundo. Así pasó un verano, y luego también el otoño.

Las batallas del amor ya no se daban en esa casa. Parecía que el gringo soñoliento había hecho la paz para siempre entre sus cuerpos. En esas condiciones, para Carmela ya no era necesario ser atractiva. Se le despintó el pelo y ya no hizo esfuerzo alguno para que aparentara un color negro furioso.

Todo el tiempo que podía caminaba y corría. Diez, veinte, cincuenta cuadras. El único descanso en medio de ese *training* era su visita a la pequeña iglesia católica del barrio. En Colombia no había podido hacerlo desde hacía treinta años por haberse casado con un divorciado. No llevaba sino un mes con Flash Gordon cuando el confesor le explicó que jamás le daría la comunión debido a su condición de pecadora pública, y le hizo saber que sus visitas no amenguaban el futuro fuego del infierno. «Si un divorciado o su pareja vienen a misa —le dijo una vez—, no se les puede echar, pero es como si vinieran con aceite de oliva para ser achicharrados con fragancia».

En el pequeño templo estadounidense no entraba a pedir confesión. Todo lo que intentaba era pensar sin ser escuchada por Chuck. Pocos días después de la visita de Jim y Alex, entró como de costumbre al templo, se sentó y cerró los ojos durante un buen rato.

Tal vez se quedó dormida hasta que alguien a su lado la despertó. No era la voz de Dios ni la de un ángel, sino un cuchicheo femenino y la fragancia de un café que le estaban ofreciendo.

—¿Te sirves un café? —le dijo una monja de pelo intensamente negro, algo alta para lo que la gente común se imagina de la estatura de las monjas. Aceptó el café y comenzó a conversar con la religiosa.

El café tenía mucho aroma, casi como un Supremo de Colombia. No tanto, a lo mejor como un Excelso. Levantó la taza a la altura de sus ojos. Sin dejar de oler los efluvios, en medio del humo, le preguntó a la monja:

—¿Y cómo diste conmigo?

Tal vez estaba soñando de nuevo.

La supuesta monja la tomó del brazo y se la llevó caminando por el jardín. Tenía un parecido extraordinario con Alexandra Borgia, la detective de *Law and Order*.

Carmela no protestó. Se dejó llevar. Era como si ya se hubieran conocido antes, pero quizá todo fue un sueño.

En los días que siguieron, parecía mucho más resignada a su destino. Salía menos a la calle, y pasaba largas horas frente a internet. Chuck dormía toda la tarde, y su sueño era muy profundo. Carmela se dio cuenta de que no era necesario pasarse las horas contemplándolo como había hecho antes. De la computadora pasaba al cuarto del subsuelo, y allí exploraba las cajas y los muebles sin usar. Había descubierto allí una vieja bicicleta a la que le faltaba una cremallera. Luego de varias semanas, por fin trajo desde la parroquia el repuesto que faltaba y también un inflador.

Otro día encontró lo que había estado buscando. Eran varias cajas llenas de ropa femenina, fotos y papeles. Cada una parecía pertenecer a una dueña diferente. Sonrió complacida. Por fin, halló varias madejas de lana de primorosos colores. Hurgó más y encontró los palillos. Tomó una de las cajas y se fue al jardín. La metió dentro de un plástico y la ocultó bajo un árbol muy espeso. Sabía que Chuck por su impedimento físico no salía jamás de la casa y, al parecer, quería darle una sorpresa. Tomó luego las madejas y los palillos, y se dedicó a tejer un primoroso chaleco como suelen hacerlo para sus hombres las mujeres muy enamoradas.

El 24 de enero por la mañana terminó de tejer la prenda que destinaba para Chuck, y pensó en qué momento iba a dársela. Al día siguiente era su cumpleaños. Tal vez debía dejársela en la noche sobre la cama para que despertara el 25 con la sorpresa. Tal vez los colores no le iban a gustar. Mientras lo masajeaba, se quedó dormida, pero continuó moviendo las manos en forma automática. Soñó que Elliot Stabler, con el chaleco tejido por ella, era el detective más buenmozo de *Law and Order*. Le pareció que Olivia Benson la miraba con envidia.

—¿Estás durmiendo, Carmela?... ¡Frótame el cuello! ¡Te he dicho que me frotes el cuello y después la columna!

Martin Sheen, el presidente de Estados Unidos, se metió otra vez en los sueños de Carmela.

—Parece que ya no vas a tener que hacerme masajes.

—¿Ya no le fastidia el dolor de la columna, presidente?

— No, no se trata de eso. Ocurre que Leo quiere hacerlo.
—

El presidente Sheen padecía de un dolor neuropático. Su jefe de gabinete, Leo McGarry y la propia CiYei le habían prohibido pedir un quiropráctico a la Casa Blanca o el temor de que los republicanos se enteraran e hicieran que la Fox News propalara la imagen de un mandatario débil y achacoso.

—Leo está loco por hacerme masajes. Vendrá esta tarde. Lo que le interesa en realidad es hacer *lobby* por el escudo antimisiles.

Carmela, que era CiYei, se sintió aliviada de la responsabilidad de masajear al hombre más poderoso del mundo.

—Lo único que temo —dijo el presidente Martin Sheen— es que Leo me ponga encima a Peanuts, el perrito de Charlie Brown. ¿Te has dado cuenta de que su héroe es Charlie Brown?

—¿Estás durmiendo, Carmela?... ¡Frótame el cuello! ¡Te he dicho que me frotes el cuello y después la columna! —insistió Chuck a gritos.

XIX

Marlene pregunta por Clint Eastwood

—¿Ya conoces Alcatraz?

La frase se quedó vibrando en la pantalla de la computadora durante un rato en que no hubo respuesta. Por fin, quien la había escrito insistió:

—Eso fue pregunta, Carmelita. Te la repito: ¿Ya fuiste a Alcatraz? Si quieres, le pongo signos de interrogación aunque en el *chat* ya no se usan, hija.

—¿Alcatraz?

—Sí. ¿Ya fuiste a Alcatraz? Alcatraz, amiga. Te he dicho Alcatraz.

No apareció palabra alguna en la pantalla.

—Te has ido de allí, Carmela. Esta también es pregunta. Parece que no sabes usar el Messenger, o tal vez se te han subido los humos porque vives en San Francisco, y ya no quieres hablar con tus amigas de Santa Marta.

—No.

—¿No, qué? ¿No quieres chatear con tus amigas o no has ido a Alcatraz? No creo que no hayas ido a Alcatraz porque me he enterado que estás en San Francisco. Todo este tiempo te imaginé en Nueva York, frente a la Estatua de la Libertad, pero he sabido que no es así.

¡Frente a la Estatua de la Libertad!... Ella misma se había soñado allí toda su vida. Tal vez por eso había estudiado inglés. Mientras la pantalla le ofrecía más y más frases de su amiga, Carmela volvía a los sueños de su adolescencia. Se veía sentada en una banca con el fondo de la famosa estatua o embarcada navegando frente a ella y quizá así se seguiría viendo toda la vida y toda la muerte si había algo después de la muerte y si había otra Estatua de la Libertad allí también al otro lado, detrás de la muerte.

El *chat* continuaba, y Carmela no sabía qué responder.

—Cuando me dijeron que estabas viviendo en San Francisco, no lo pude creer. Siempre te había imaginado en Nueva York, pero ya que tú y tu marido han decidido fijar su residencia en San Francisco, por algo ha de ser. Por todo lo que yo he leído, es una ciudad bellísima. Dime la verdad, Carmelita.

—La verdad.

—La verdad, Carmelita. No seas retrechera. Cuéntame primero cómo es Alcatraz. Después me hablarás de Chinatown y del Golden Gate.

—Discúlpame. Dejemos esa conversación para otro día.

—Pregunta: ¿Cómo que dejemos? El domingo me dijiste que te llamara a esta hora. Anda, pues, dime: ¿Todavía hay presos? Cuando pasas por sus celdas, ¿qué te dicen? ¿Te venden artesanías? Me estoy volviendo culta, Carmelita. Todo te lo escribo con signos de pregunta. Ja, ja, ja.

Carmela no contestó.

—¿Son buenmozos? ¿Son buenmozos los presos? No te dejo hablar porque no me cuentas nada. Tienen que ser buenmozos. Recuerdo haber visto *Escape de Alcatraz*, con Clint Eastwood. Los presos eran guapísimos.

A propósito, ¿ya has conocido a Clint Eastwood?... Me han dicho que es alcalde en un pueblo cercano a San Francisco. ¿Lo has conocido en persona?

Era Marlene Polo mandándole saludos desde Santa Marta. Había aparecido apenas ella bajara el programa de Messenger.

—¿Y Chinatown? ¿Cómo es Chinatown? Es idiota preguntarte cómo es Chinatown, hija. Ya me han dicho que no es lo que se supone.

Carmela no podía responderle porque nunca había salido algunos kilómetros más allá de la casa de Chuck Williams.

Además, Marlene no la dejaba responder.

—Háblame más bien del Barrio Italiano, del Financial District, de Fisherman's Wharf. Y, si te parece, cuéntame cómo es Mission.

Carmela comenzó a responderle enviándole dibujitos y emoticones. Después volvió el silencio.

—¿Estás allí? ¿Estás allí, Carmela? Háblame, hija. Parece que el gringo te ha comido la lengua.

Antes de que la aludida pudiera responder, Marlene le preguntó si había cruzado a pie el Golden Gate y si el Baybridge era tan largo como se aseguraba.

Carmela estaba a punto de responderle con la verdad. Jamás había llegado al *downtown* de la ciudad más bella de Estados Unidos. Solamente la había visto en televisión. Lo único que conocía era el enorme parque que se extendía frente a la casa de su compañero y los alrededores a los que podía llegar en bicicleta.

—¿Ya has viajado en el metro?... Creo que lo llaman BART, ¿no es cierto? Pasa por debajo del mar para unir Oakland con San Francisco.

En ese momento, Chuck la estaba llamando.

—¿Te puedo escribir más tarde? Chuck me llama para almorzar.

—Pero dime antes si ya has viajado en el subterráneo debajo del mar. ¿Lo has hecho?

No contestó Carmela, pero llegó hasta la mesa con una sonrisa enorme y una idea fulgurante.

—Me dices que hacer turismo en San Francisco es muy caro, Chuck, pero creo que hay una solución para eso. ¿Por qué no tomamos el tren subterráneo?... Podríamos llevar algunos sándwiches y pasarnos el día recorriendo la ciudad.

Nada respondió Chuck. Carmela supuso que no había sido escuchada. Repitió la propuesta.

—¿De dónde has sacado esa idea? ¿Se puede saber de dónde has sacado esa idea?

Se lo dijo.

—Ah..., internet. Son ideas tomadas de internet. A veces internet es peligroso.

Se hizo un silencio. Almorzaron. La pregunta siguió flotando en el aire.

El americano viejo se hundió contra el respaldo de su silla. Comenzó a resbalarse. A Carmela le pareció que solo iba a quedar sobre la mesa la cabeza. Así fue.

La cabeza habló:

—¿Tantas ganas tienes de irte de la casa? ¿No te sientes bien aquí?... Apenas tienes unos meses y ya te dio ganas de abandonarme. ¿Por qué? ¿Te asusta mi pobreza? ¿Necesitas el lujo, el torbellino de la gran ciudad? ¿Y qué va a pasar cuando salgamos juntos? En el metro me tendrás que ayudar a ponerme de pie y en la calle a caminar... hasta que te canses de caminar a mi lado y me abandones. ¿Para eso te he traído? ¿Es eso el amor?

Carmela sollozaba en silencio. Quiso responder, pero le resultaba difícil hacerlo.

La cabeza continuó su discurso:

—¿Quieres irte de esta casa? La puerta está abierta. Nadie te va a impedir la salida. Nadie te va a criticar por el hecho de abandonar a un inválido, aunque ese inválido sea el hombre que te pagó el pasaje desde tu país y el que te dio protección en este país tan peligroso.

La cabeza siguió hablando hasta que todo se puso oscuro. En esos momentos, sus ojos azules relampagueaban. Era lo único luminoso en la habitación. Carmela había dejado de escucharlo. Su mirada estaba concentrada en la pared que servía de marco a la cabeza habladora. Estaba pintada de blanco y hacía que la casa se tornara inmensa. La chimenea tenía la forma de un mausoleo.

La cabeza de Chuck, emergiendo de la mesa del comedor, continuó hablando durante buena parte de la noche. Sentada frente a su compañero, Carmela sabía que no podía ni responder ni levantarse. Además no escuchaba, solo pensaba. Se le antojó que la muerte o, más bien, la vida eterna era algo parecido, algo así como un sentarse frente a una cabeza sabia por un tiempo infinito.

Al día siguiente, luego de sus tareas habituales, cuando le tocó sentarse frente a la computadora, la dama colombiana comenzó a escribir un largo *e-mail* a su amiga Marlene. Comenzó:

«Querida Marlene:

Las montañas de la Sierra Nevada —todo un espectáculo en el invierno— constituye la espina dorsal de California, además de formar uno de los picos más altos de Estados Unidos.

Uno de los paisajes californianos recomendables es el que se encuentra en el desierto, particularmente el de Mojave o el Valle de la Muerte, que ofrece panorámicas diferentes, en ocasiones sorprendentes, pero de intensa belleza.

Union Square, la plaza principal de San Francisco, es ideal para ir de compras. Inmediata al barrio de los teatros y de las galerías de arte, se rodea de grandes almacenes y de numerosas tiendas de los más prestigiosos diseñadores de Estados Unidos y otros países.

Chinatown está considerado como el barrio chino de más auténtico sabor y mayor extensión de Estados Unidos. Su pintoresca superficie ocupa 24 manzanas o cuadras situadas en el corazón de la ciudad. La calle principal, Grant Avenue, tiene una gran puerta decorada de dragones y está repleta de restaurantes y tiendas exóticas. Paralela a ella, Stockton Street se nos presenta abigarrada de mercados, pollerías y marisquerías, farmacias que dispensan hierbas chinas, y restaurantes tradicionales para la degustación de *dim sum*».

Cuando vio la palabra *dim sum*, no pudo contener la risa. A fin de no dar explicaciones, había decidido describir el Área de la Bahía valiéndose de una información turística de internet. Se dio cuenta de que la había tomado tal cual. Tan solo la había «robado» y luego pegado a la carta. Eso le pareció ridículo. Hizo clic en una tecla para borrar y se quedó sin *e-mail*. No tenía mucho que contarle a Marlene.

Hacía tiempo había recibido de parte de esa misma amiga una invitación para un *chat* con video, pero no la había aceptado. No quería que sus conocidas comenzaran a juzgarla por su ropa o se empeñaran en conocer la casa. Por fortuna, no le pidieron explicaciones. Ahora se daba cuenta de que también debía restringir el Messenger, pero quedaba el *e-mail*.

Esa misma tarde, recibió la carta de Antonieta García, hija de una amiga suya. La muchacha quería viajar a San Francisco:

«Tía, tía querida, aunque no seas mi pariente por sangre, tú sabes que siempre te he llamado así por tu amistad con mi madre y porque siempre has sido cariñosa conmigo. Y por eso me tomo la confianza de solicitarte un favor muy grande. Pide ingreso para mí a Estados Unidos. Pídeme, por favor, tía Carmela. Si tú lo haces, el Departamento de Inmigración me dará de inmediato una visa provisional. Me han dicho que basta con que a una la pida una persona solvente, y quién más solvente que tú, tía, que estás casada con un americano, y no con un americano cualquiera. Ya me han contado que es un hombre con plata y que de inmediato te ha llamado a vivir en San Francisco. Apenas me den la visa, yo podría viajar. Ya me he financiado el pasaje. Te molestaría solo unas cuantas semanas como huésped en tu casa. Semanas, no. Tal vez días. Una amiga me ha dicho que es fácil conseguir empleo en San Francisco».

Raquel, la madre de Antonieta, también le escribía:

«La chica tiene un futuro, Carmela, pero aquí nunca lo va a encontrar. En cambio, allá será distinto. Estados Unidos es la tierra de las oportunidades. Y si se tarda un poco en encontrar trabajo, tal vez tú y tu marido puedan presentarle muchachos de su edad. Antonieta es lo que los gringos llaman una latina guapa. De repente, la chica se logra como te has logrado tú y se casa con algún gringuito bien plantado. Anda, pues, no seas egoísta. ¿Sí o sí, Carmela? ¿O tienes miedo de que mi hija te quite a tu gringo?».

Antonieta volvió a escribirle:

«No me lo has dicho, tía Carmela, pero lo adivino. Ya sé que mi mamá te ha escrito. Y estoy segura de que se ha excedido. Tú sabes cómo es. Discúlpala, por favor. No sabe cómo deshacerse de mí, pero tú puedes apoyarme, tía. Todo se puede, tía. Todo se puede. El que quiere ayudar, ayuda. A menos que uno no desee hacer un favor, pero tú no eres así, tú no eres egoísta».

Tito, el novio de Antonieta, le envió otro *e-mail*:

«Antonieta me ha contado que te la llevas, tía, y que va a ser una especie de ama de llaves para ti. Dice que le vas a pagar muy bien... No, no. No creas que estoy celoso, ni ofendido. No creo que ella vaya para allá en busca de un gringo. Va en busca de un futuro mejor, y yo no le voy a negar esa oportunidad que tú le estás dando. El que ama, debe sacrificarse, debe ser abnegado. Eso es el amor. Pero hay algo más, tía Carmela. También yo tengo aspiraciones. Si *mister* Chuck me apoya, podría viajar a Estados Unidos y desempeñarme en algún trabajo correspondiente a mi especialidad. A lo mejor me puede contratar en su fábrica para trabajos de oficina. Si no es así, me puede recomendar ante otros amigos suyos. En la universidad estuve estudiando Ciencias de la Comunicación, y aunque jamás he ejercido un trabajo de esa índole, podría hacer algo allí como administrar un pequeño diario o revista. Tal vez incluso *mister* Chuck me podría dar una carta de recomendación para ser aceptado en la Universidad de Berkeley y para que me den una beca allí. No hablo muy bien el inglés, pero lo entiendo porque lo estudié en la secundaria. Con un par de mesecitos que esté allá, se me refrescará la memoria. Lo importante es que ustedes me apoyen. Tú sabes que el que no tiene padrinos, no se bautiza. Si *mister* Chuck me apoya, sería un tremendo padrinazo. En el documento adjunto te estoy enviando mi currículum vítae actualizado. Algo más, tía Carmela. Te lo ruego, no le cuentes a Antonieta lo que te estoy pidiendo: no se lo vayas a contar. Quiero que sea una sorpresa para ella. Todo el tiempo me critica y se queja de que no tenga un empleo fijo y yo le respondo que eso se debe al medio pequeño en que nos movemos. 'Tú eres un bueno para nada', me ha dicho anteanoche y me ha dado a entender que ya no quiere seguir conmigo, pero estoy seguro de que tan solo lo ha dicho en un momento de cólera que ya se le pasará. No creo que Antonieta quiera terminar conmigo para buscarse un gringuito ahora que le estás arreglando sus papeles para que pueda entrar en ese gran país con una *greencard*. No, no quiero creerlo. Ella no es así».

A las cartas de Raquel, Antonieta y Tito, se sumaron las de unas diez amigas más que la felicitaban por todas las buenas noticias que circulaban sobre ella.

«No me creas adulona, prima Carmela —le escribió la Cuqui Avellaneda. No te escribo tan solo porque ahora eres rica. No creas eso. Lo hago porque entre parientes de tan cerca no debemos dejar que la distancia nos separe. Me alegro de todo lo bueno que te está ocurriendo y espero algún día abrazarte y estrechar la mano de tu esposo en San Francisco».

Por fin, llegó la de Flash. Estuvo a punto de lanzarla al cesto de basura, pero ganó la curiosidad.

«Carmela querida, ¿puedo llamarte querida?... Creo que sí porque hemos vivido muchos años juntos. Si una pequeña diferencia nos ha separado, eso se puede pasar por alto. Eres y siempre has sido la mujer de mi vida. ¿Quieres recordar algo? Haz clic en el *link* que te envío y escucharás nuestra canción de toda la vida. Ya sabes tú cuál es. Ya lo sabes. No finjas, picarona. Pero esta carta no está dirigida a pedirte que vuelvas conmigo. No, aunque me duela. Tú eres una mujer feliz, y eso lo respeto. Ya era hora de que la suerte te llegara. Todos me cuentan que eres una mujer lograda y rica. Yo les digo que eso me da felicidad también. ¿Por qué me voy a sentir mal? Solamente quiero que te vaya bien. Pero, querida Carmela, Carmela de mi corazón, no está bien que cuando uno llega adonde tiene que llegar, en tu caso a la riqueza, no es bueno, repito, que en ese momento se olvide de los seres queridos. Voy a pedirte un favor, y sé que me lo vas a hacer porque siempre has sido generosa. Te ruego que me envíes 3.500 dólares. ¡Qué son para ti 3.500 dólares! En cambio, para mí sí tienen importancia. Son para pagar unas deudas de la casa y constituir un capitalito a fin de reunir de nuevo a los muchachos de la orquesta. No me lo vas a negar. Tú sabes que es absolutamente necesario para mí y que en caso contrario no te los pediría. Si este mes estás muy gastada, me conformaría con que me envíes la mitad o por lo menos quinientos dólares. Haz clic en el *link* que sigue:

Te he buscado donde quiera que yo voy
y no te puedo hallar.
Para qué quiero tus besos,
si tus labios no me quieren ya besar.

Tuyo es mi corazón,
Oh, sol de mi querer,
mujer de mi ilusión,
mi amor te gozaré.

Mi vida la embellece una esperanza azul,
mi vida tiene un cielo que le diste tú.
Tuyo es mi corazón,
oh, sol de mi querer,
tuyo es todo mi ser,
tuyo es mujer.

Tú eres mi sol,

eres mi bien,

eres mi amor'.

¿Cuándo te he pedido un favor?... Nunca, jamás en la vida. ¡Qué son quinientos dólares para lo que te debe dar el gringo al mes! ¡Nada! A propósito, ¿cuánto te da?... Sí, ya sé que estamos a la mitad del mes y que a lo mejor no te queda mucho *cash*. Con doscientos, con cien, me contentaría. Anda corriendo a la Western Union que debe de haber en tu barrio y haz el giro a mi nombre. Ni siquiera necesitas poner la dirección».

La luz del cuarto estaba apagada para ahorrar electricidad. Solamente quedaba la de la pantalla. Ya era hora de irse a dormir.

XX

Luna, lunera, Carmela escapa

Una luna californiana, enorme, loca y amarilla se desprendió del cielo y se introdujo por la ventana para despertar a Carmela cuando todavía estaba oscuro. En las noches de luna, a esa hora el satélite pasaba por su dormitorio para recordarle que vivía. Esta vez, no fue necesario que esa luz le diera en la cara para que abriera los ojos porque ella se había pasado en vela toda la noche, y no cesaba de pensar que ese día era su día.

«Luna, lunera, cascabelera,

ve y dile a mi amorcito por Dios que me quiera».

Carmela estaba despierta con una mano colgando hacia el suelo en el estrecho catre que le servía de lecho. Retiró las mantas, prendió la luz de la mesa de noche y vio el reloj. Comprobó que era todavía muy temprano. Tal vez quiso decirle hola a alguien tendido a su lado, pero recordó que aparte de la primera semana con Chuck Williams, el resto del tiempo lo había pasado sola en aquel dormitorio del sótano.

El gato estaba tendido sobre la mesa de noche, pero acababa de levantar la cara para mirarla. Ella alargó la mano para acariciarle la cabeza. El felino aceptó la caricia, pero luego se desperezó por completo y olisqueó el aire.

Todo estaba en silencio. Parecía no haber nadie en el mundo. Parecía que la gente estaba conteniendo la respiración.

Para Carmela, ese era el día escogido. Su día de la suerte. Su día.

Su compañero le había anticipado que ese día vendría por él un autobús para llevarlo al lugar donde le hacían una terapia física cada mes. El autobús llegaría exactamente a las siete y cuarto de la mañana. Carmela pensaba despedirlo, esperar un momento y salir de allí cuando fueran las siete y treinta. Desde la casa hasta la estación de transportes tenía que caminar alrededor de dos horas. Allí tomaría un tren que debía llevarla hasta la propia ciudad de San Francisco. Gracias a su conversación con la monjita de la parroquia cercana, sabía que la iglesia a la cual tenía que llegar estaría abierta para la celebración de la misa cotidiana a la hora de su arribo y que su nueva amiga la estaría esperando allí.

Volvió a contar su dinero. Lo había hecho ya muchas veces, y siempre había obtenido el mismo resultado, pero aun así, quería estar segura. Comprobó que tenía exactamente 87 dólares con 50 centavos. Era el saldo de los cien dólares que había llevado desde Colombia. Los 12 dólares con 50 centavos que faltaban le habían servido para comprarse un juego de ropa interior en el gran almacén al que había llegado antes junto a Chuck.

Todo comenzó a ocurrir como lo había planeado. A las siete y cuarto llegó el autobús por Chuck. El hombre se despidió de ella con una mirada de sospecha.

—¿Te has vestido de esa manera especial para despedirme?

—¿Especial?

—No te sueles vestir de esa manera a esta hora.

Ella sonrió:

—Sí, para despedirte.

El hombre hizo como si presintiera que estaba ocurriendo algo en la casa. Levantó la cara y puso la nariz en alto como un sabueso, después olisqueó la puerta, las ventanas y a la propia Carmela, y por fin dejó que los dos enormes auxiliares de la Seguridad Social lo cargaran hasta el autobús.

—*See you later!*

—*See you later!*

Carmela entró en la casa. Quince minutos más tarde volvió a salir seguida por el gato. El felino apresuró el paso y se subió sobre la rama del arce que era su lugar favorito. Estiró las patas para desentumecerlas, y sus ojos achinados se tornaron inmensos para observar a Carmela. Parecía estar diciéndole adiós.

Ella se dio cuenta de eso y, aunque iba a perder algunos minutos muy valiosos, entró otra vez, abrió una lata de conservas y se los llevó al gato que daba la vida por las sardinas, aunque las acogiera desdeñoso.

Para protegerse del frío, ella se cubría con una inmensa chaqueta que trajera desde su país. Tenía un pequeño maletín en el que había reunido las ropas y útiles de aseo indispensables. Como si fuera a pedirle permiso, miró hacia el sol, pero no tuvo que bajar los ojos porque el astro estaba cubierto por las nubes.

Comenzó a caminar entonces en la dirección indicada y sintió que la cadera, las rodillas y los huesos del pie habían perdido coordinación como si todos ellos quisieran llegar al mismo tiempo a la estación del tren. Una hora y media más tarde llegó hasta las paredes de lo que debería ser la estación, pero no lo sabía con exactitud porque nunca la había visto. Solamente la recordaba por el mapa que había visto en internet.

Además no había podido imprimir esa guía porque eso le estaba prohibido. Tampoco podría haberla transcrito porque tal operación habría resultado sospechosa para Chuck. Caminó a lo largo de lo que debería ser una estación de servicio mecánico para los tres al lado de una cuadra inmensa que debería tener entre trescientos a cuatrocientos metros. Solo se encontró con dos *homeless* que estaban sentados cerca.

—¿Sabe dónde está la estación del BART? —le preguntó a uno de ellos.

—Supongo que donde usted la dejó —respondió el aludido y comenzó a reír. Tuvo que sacudir al otro vagabundo para que lo acompañara en la risa.

De todas maneras, le respondió haciendo una seña con un movimiento de la quijada hacia delante, y Carmela se dio cuenta de que la quijada del tipo apuntaba hacia un lugar donde varias personas estaban comprando los pasajes.

En la estación, compró un tique que le permitiría subir al BART 17 minutos después. Pasó junto a un expendio de sodas y de galletas, y tuvo alguna gana de ellas, pues no había tomado desayuno, pero se dio cuenta de que debía economizar su dinero hasta el máximo. Fue a sentarse al fondo del vehículo en un asiento donde alguien había abandonado el periódico del día. Lo tomó y decidió leérselo, pues según había calculado todavía debía esperar una hora y 27 minutos para llegar al centro de San Francisco.

El periódico le ofrecía una información sobre Doris Payne, de profesión «ladrona de joyas», una mujer de 79 años a quien le fascinaba robar y no lo podía evitar.

Leyó que Doris había pasado nueve años de su vida en prisión y más de media vida sin ser ubicada por sus perseguidores. Ahora estaban a punto de llevar su vida al cine, pero justamente mientras los escritores trabajan en el guion, no había podido con su genio y había sido arrestada en Orange County, California, por el supuesto robo de un impermeable de la marca Burbery valorado en 1.300 dólares.

Sonrió. Miró la cara encantadora de la viejita y sintió solidaridad con ella. La información era larga y revelaba los detalles del robo. Doris había estado observando el impermeable y, sin que nadie la observara, arrancó las etiquetas con el precio y abandonó el establecimiento de Saks con la prenda puesta y sin pagar.

Se olvidaba de que, si bien era cierto que nadie la había visto, la tienda tenía un aparato de video que había estado filmando todos sus movimientos.

Leyendo las aventuras de su heroína, se le habían pasado 27 minutos. No sabía dónde se hallaba porque el tren pasaba raudo por diversas estaciones de nombres que no había tenido tiempo de memorizar en internet. Se dio cuenta, eso sí, de que los personajes de la ficción estaban variando para ella. Se había enamorado de su esposo, el músico Flash Ventura, porque se parecía al personaje que hacía pareja con Audrey Hepburn en la película *Breakfast at Tiffany's* y, como ellos, aspiraba a vivir una vida romántica en Nueva York. Ahora, mientras el tren avanzaba, se sentía la encarnación de Doris Payne perseguida por la Policía federal a través del inmenso mapa de Estados Unidos.

Según sus cálculos, le quedaban todavía 57 minutos de viaje. Un hombre alto y vestido con un impermeable muy grueso se sentó a su lado. De pronto advirtió que en los asientos de delante y de atrás también se hallaban sentados algunos individuos con esas características. Le pareció que se hacían señas. Más que nunca, se sintió Doris Payne perseguida por los agentes del FBI.

—¿Se siente usted mal? —le preguntó el supuesto agente que iba a su lado.

Ella lo miró fijamente para saber si lo había visto en alguna película. Le respondió que no se sentía mal.

—Me siento más feliz que nunca en mi vida.

El tipo la miró sobresaltada. No esperaba una respuesta tan enfática.

En otra parada, subieron tres niños acompañados por una señora que aparentaba ser la madre. Se quedaron mirando el rostro de Carmela, y algo se dijeron entre sí. Ella les preguntó en español:

—¿Tengo monos en la cara?

—*What?*

Continuó leyendo el *San Francisco Chronicle*. Ahora su compañero de asiento se había marchado y había dado sitio a otro hombre con las mismas características. ¿Toda la FBI o acaso también la CIA la rodeaban?

¿Habría Chuck dado parte a la Policía? Le pareció que sus temores eran infundados. El hombre no podía haber vuelto a casa todavía. No iba a llegar hasta las cuatro de la tarde. Además, ¿de qué la iba a acusar? ¿Se acusaría él mismo de tenerla prácticamente secuestrada? ¿O la acusaría de ser ilegal en Estados Unidos?... Esto último era lo más probable, pero lo obligaba a confesarse cómplice de encubrimiento y comprador del pasaje de la presunta ilegal, todo lo cual lo haría pasible de severas condenas.

Ya se podía ver el perfil de San Francisco.

Habían llegado a la estación de West Oakland. Carmela sabía que en ese momento, el tren debía sumergirse, ingresar por un túnel submarino y salir, al fin, por San Francisco. Le parecía fascinante.

En esos momentos, recibió una nueva visita. El asiento junto a ella había estado vacío durante un cuarto de hora. En la estación donde se encontraban, subió una pareja con una niñita. La niñita llevaba una muñeca en sus brazos. Se podía advertir que la señora era la madre de la niña, pero su acompañante no era el padre. Los mayores se sentaron detrás de Carmela y, junto a ella, colocaron a la niña con la muñeca. No bien arrancó el tren, Carmela comenzó a notar que los de atrás sostenían una agria disputa.

Por sus propias costumbres, deducía que en el caso de ser una pareja de esposos uno de ellos se habría sentado con la niña y el otro habría escogido un asiento cercano, pero no era así.

Además, la niña parecía acostumbrada a vivir y hablar sola, pero en este caso lo hacía con su muñeca. Primero, tomó un cepillo y le arregló el cabello. Después le alisó el vestido. Por fin, le quitó y le volvió a poner los zapatos. De inmediato, asumió su papel de madre y comenzó a darle consejos.

De manera algo general, le habló entonces acerca de cómo se comportan las niñas bien educadas cuando van a la escuela. Le dijo que esperaba que ella no se manchara los dedos con tinta ni se juntara con muchachas malcriadas. Le recomendó que estudiara mucho y que tratara de llegar hasta la universidad.

—¡Qué linda tu muñeca! ¿Cómo se llama?

La niña levantó los ojos hacia su compañera de asiento y le sonrió.

—Por favor, pregúnteselo a ella misma —aconsejó.

Carmela siguió el juego.

—¿Cómo te llamas, muñequita?

La muñequita no respondió. Entonces, la niña asumiendo una voz de persona mayor le llamó la atención.

—¡Cómo!... ¿No sabes responder a la señora?

Luego, haciendo la voz infantil que supuestamente tenía la muñeca, declaró:

—Me llamo Peggy, señora. ¡Gracias por la pregunta!

—¿Nada más eso? ¿No le vas a decir algo más?

—Mi mamá se llama Jennifer y tiene 5 años.

Después, la niña se dedicó por completo a la muñeca. Aquella solamente miraba de frente y no hacía el menor gesto de escucharla ni de estar dispuesta a seguir sus consejos.

Hubo un momento en que la niña se cansó de que su supuesta hijita no le contestara. Entonces, haciendo cambios de voz, fue ella misma Peggy y también la mamá de Peggy.

En el momento en que el tren se sumergía, Peggy, algo preocupada, preguntó:

—¿Está fría? ¿Crees que está muy fría el agua?

—Más de lo que puedas pensar, hijita. Mucho más.

—¿Hay peces? ¿Muchos peces?

—No los veo, pero debe haberlos.

—¿Los veremos a través de la ventanilla?

—Tal vez.

—¿Crees que pasarán sirenas?

—Es posible. Todo es posible, hijita.

— Y si pasan, ¿crees que nos harán señas?

—A lo mejor. Sería muy bonito.

—¿Te gustaría abrir la ventana y nadar un rato?

—No, ni lo sueñes.

—¿Por qué? ¿Tienes miedo?

—¿Y tú no?

—Claro que tengo miedo.

—¿Qué pasaría si nos metiéramos en el agua?

—Nada. Nos moriríamos.

—Y si no nos morimos, ¿nos convertimos en sirenas?

El tren se detuvo a medio camino. Posiblemente, desde alguna estación remota, los conductores estaban sincronizando la circulación de los trenes. Fue un momento muy largo.

La niña y Peggy callaron.

La niña abrazó a Peggy muy fuertemente.

Atrás, los mayores no parecían darse cuenta del miedo que la niña estaba sintiendo. Hablaban con niveles de voz cada vez más altos. Carmela no podía entender lo que decían, pero el tono de ambos era de pelea. Un momento más tarde, el tren, muy lento, reanudó su camino.

La niña se levantó y miró hacia el asiento posterior para comentar con su madre:

—Mamá, Peggy está muy asustada.
—No te preocupes, hijita. Pronto saldremos de esto.

—No soy yo la que se preocupa. Es Peggy.

—¿Peggy?

—Sí, Peggy.

—¡Oh, no importa!... Dile a Peggy que no se preocupe.

El hombre que iba al lado de la madre parecía sentirse muy incómodo. Quiso cortar la conversación.

—Los niños no tienen por qué meterse en las conversaciones de los adultos.

—No lo está haciendo. Solo me está contando lo que dice su muñeca.

—¿Lo que dice su muñeca?

—Sí, lo que dice su muñeca.

—Ah..., lo que dice su muñeca —repitió el hombre con tono de burla.

La niña no quiso poner en problemas a su madre y volvió a la conversación con Peggy. Carmela tenía ganas de abrazar a la niña y sentía que aquella estaba necesitada de un poco de amor. Había escuchado, sin embargo, que en Estados Unidos no se puede tocar a los niños. A los mayores que lo hacen, sean hombres o mujeres, se les puede acusar de violencia o de algunos delitos vergonzosos. Es preciso caminar ocultando su cariño por los niños o por cualquier otra persona en el mundo.

La niña, en cambio, no ocultaba su amor por Peggy. Parecía que ambas estaban solas en el mundo.

Ahora fue ella la que pidió consejos:

—Peggy, ¿crees que nos vamos a morir?

Con voz de anciana, la muñeca le respondió:

—No lo creo, niñita.

—¿Entonces, no nos vamos a morir?

—No pienses en ello, niñita.

—¿Tú sabes que nos vamos a morir y no me lo quieres decir?

—¿Por qué lo haría?

—Para que no me preocupe.

Pasó un rato, y la niña volvió a sus preguntas:

—Peggy, ¿por qué piensas que no nos vamos a morir?

La muñeca se quedó pensando y no supo qué responder.

—¿Cuánto tiempo crees que uno puede estar en el agua sin respirar?

—¿Sin respirar? Has dicho que sin respirar? —preguntó la muñeca con su voz de anciana.

—Sí, sin respirar.

—Ni una hora. Ni un minuto siquiera.

—¿Y sin comer?

—¡Oh, sin comer se puede estar más tiempo!

De pronto la luz entró por todas las ventanas del tren. Habían salido del túnel y ya estaban en San Francisco. Carmela alzo los ojos para mirar el cielo. El sol chocó contra su rostro, y su perfil resplandeció.

La capa de nubes era densa, pero comenzaba a dispersarse. Jennifer parecía sentirse muy feliz. La muñeca, también. Sin embargo, la conversación entre los mayores era cada vez más dura. Era demasiado que estaban peleando.

La niña habló con la muñeca. Con entonación de secreto, le dijo:

—No te preocupes, Peggy. Nadie va a hacernos daño. Mamá no lo permitiría.

Volvieron al diálogo, y otra vez la muñeca fue una muñeca anciana.

—Creo que alguien viene —dijo Jennifer.

—¿Quién crees que viene, buena niñita? —preguntó la muñeca.

—Vienen los malos.

—¿Los malos?

—Sí, creo que vienen los malos.

—¿Y no te has puesto a pensar de que podrían ser los buenos?

—No, Peggy. Siento que los malos se acercan —dijo Jennifer. Luego miró a Carmela.

—Usted también lo sabe. ¿No es cierto, señora?

Carmela no sabía qué responder.

—Usted también tiene miedo de los malos— le dijo la niña señalándola con el índice de la mano derecha.

Lo decía con tanta seguridad que Carmela tuvo miedo.

—¡Cuídese! —le recomendó Jennifer.

—¡Cuídese mucho! —le aconsejó la muñeca.

El cielo se había metido por todas las ventanas. Inundaba el tren. Los mayores se levantaron. Sin despedirse, el hombre que había sido pareja de la madre de Jennifer se adelantó para salir por una de las puertas.

Sola por fin, la madre tomó del brazo a la niña, y la niña tomó del brazo a Peggy. Se hicieron invisibles.

A la salida de Jennifer y Peggy, Carmela pudo leer en un suplemento del periódico una crónica sobre los esclavos cimarrones que durante el siglo XIX se escapaban de sus amos y se iban a lejanas tierras en busca de la libertad.

El artículo relataba que un grupo de arqueólogos acaba de descubrir en Virginia un viejo refugio subterráneo de cimarrones. Al parecer, un esclavo había cavado una fosa y se había metido en ella. Sus familiares y amigos le dejaban comida cerca del orificio de salida, pero a veces no podían hacerlo. En esas consecuencias, el cimarrón sobrevivía comiendo raíces y gusanos.

Se preguntó Carmela si las personas sumergidas en la oscuridad se convierten en plantas o animales, y sonrió.

Recordó que había leído lo mismo acerca de los inmigrantes ilegales. Se metían en la tierra y se quedaban allí viviendo meses. Luego de salir, uno de ellos había logrado prosperar. Se había convertido en un millonario hombre de negocios. Sin embargo, algunos decían que todavía, en la legalidad y pasados muchos años, seguía despidiendo un olor triste de entierro y de tumba.

El tren había entrado glorioso en San Francisco, pero Carmela no se sentía muy feliz. Comenzó a pensar que si no encontraba a nadie en la ciudad, no sabía qué iba a hacer.

Apenas habían salido del túnel, el tren se detuvo otro largo momento frente al Embarcadero, la primera estación de San Francisco. Parecía que los trenes no estuvieran sincronizados y que alguien estuviera tratando de establecer un orden entre ellos. Carmela supuso que a ello se debían esos largos periodos de estacionamiento. En el andén había un hombre-sándwich que llevaba puesto un doble cartel publicitario de tema presuntamente religioso.

Como las puertas del tren no se abrían, Carmela tuvo tiempo de leer lo que decía uno de los lados del cartel:

«Vino entonces uno de los siete ángeles que tenían las siete copas y habló conmigo diciéndome: Ven acá, y te mostraré la sentencia contra la gran ramera, la que está sentada sobre muchas aguas, con la cual han fornicado los reyes de la Tierra y los moradores de la Tierra se han embriagado con el vino de su fornicación».

Se daba el número de una cita del Apocalipsis, y se mostraba una fotografía de la silueta de San Francisco.

Las puertas del tren se abrieron, y el hombre entró al mismo vagón en que se encontraba Carmela. Con sorpresa, notó que el propagandista de los últimos días del universo era muy bajito, muy rubio y casi albino. La barba le llegaba hasta la cintura.

A pesar de que al lado de ella había un sitio, el tipo prefirió no ocuparlo. Tal vez deseaba que la gente del pasillo pudiera leer el mensaje de sus dos pancartas.

«Y vi a una mujer sentada sobre una bestia escarlata llena de nombres de blasfemia que tenía siete cabezas y diez cuernos...».

En este otro lado de la pancarta había una foto del Golden Bridge.

«Y en su frente un nombre escrito, un misterio:

Babilonia, la grande, la madre de las rameras y de las abominaciones de la Tierra».

Carmela miraba alternativamente las inscripciones de los dos carteles, pues el hombre daba vuelta de uno a otro lado con la intención de mostrarlo.

El enemigo de la ramera de Babilonia se le acercó para preguntarle:

—¿Cuál es la hora?

Ella se sintió muy contenta de la pregunta porque le permitía usar el pequeño reloj de oro marca Movado que su padre le había obsequiado el día de su sétimo cumpleaños.

—Son casi las cuatro de la tarde —contestó.

—No te he preguntado por esa hora, mujer —replicó el albino.

Ella no supo que decir. El hombre continuó:

—Te he preguntado por la hora final. ¿Sabes cuál es la hora del juicio final?

Carmela movió la cabeza para decir que no lo sabía.

El hombre se tranquilizó entonces y se quedó quieto por un rato. Dos estaciones después, le preguntó:

—Pareces extranjera. ¿Lo eres?

—Sí.

—¿Y vienes a San Francisco para conocer la ciudad o para hundirte en sus abominaciones?

Carmela no supo qué responder.

Entonces el hombre alzó la voz: «Y oí otra voz del cielo que decía: Salid de ella, pueblo mío, para que no seáis partícipe de sus pecados ni recibáis parte de sus plagas».

En ese momento, el tren pasaba por un trayecto elevado. Eso le permitió a Carmela evitar al propagandista y ver algunos tramos de la ciudad. San Francisco era una ciudad suspendida en el aire. San Francisco le devolvía el sonido del mar que ella estaba olvidando. Las montañas, los tranvías, las casas victorianas, las multitudes de gente vestida de negro, los pájaros volando en línea recta, todo era asombroso para ella y todo era más real.

El hombre seguía repitiendo:

—Salid de esta ciudad pueblo mío.

El tren dejó el trayecto elevado para hundirse bajo la superficie. Los pájaros, los hombres y las mujeres de negro, los tranvías, las casas victorianas y las montañas se dibujaron por un rato más, y después se borraron.

En la próxima estación, el enemigo de la ramera de Babilonia se apeó.

¿Qué ocurriría con ella si no encontraba a la monjita en la parroquia? Tendría que vagar por las calles de la ciudad y, derrotada, retornar después a la casa de Chuck. No habría alternativa porque no se arriesgaba a ser arrestada como vagabunda ni pensaba que iba a sobrevivir en medio del invierno.

Carmela alzó su mano derecha, y la miró fijamente. Le asustaba pensar que algún día la encontrarían congelada en algún túnel de los trenes donde solían esconderse los *homeless*. Después, se frotó un pie contra el otro porque había comenzado a sentir frío. Cerró los ojos para no pensar en lo que le esperaba y comenzó a escuchar un tum tum, tum tum, el bombeo de su corazón a punto de salírsele.

Ya se podía apreciar la iglesia donde se habían dado cita. El tren comenzó a desacelerar la marcha, y eso le permitió apreciar que un grupo de hombres se hallaban frente a la puerta. Todos estaban vestidos de negro y no se movían como si fueran estatuas o fantasmas. Le pareció que miraban hacia el tren. Se le ocurrió que la estaban esperando.

Calculó entonces que para el regreso de Chuck a la casa faltaban dos horas con 17 minutos, el mismo tiempo que tardaría el tren en ir de regreso a casa sumado al que le tomaría a ella caminar desde la estación hasta la vivienda de Chuck. Cuando el tren llegó a la estación final, no bajó de él. Esperó a que el tren se diera la vuelta y emprendió el largo viaje de regreso.

XXI

El adonis de Key Biscayme

Asunto: El adonis de Key Biscayne

De: Raquel

Para: Carmelita

¿Me podrás perdonar, hermanita? Creo que te llamé egoísta y prácticamente te ordené que me hicieras un favor. Discúlpame. La verdad es que estoy muy preocupada por el futuro de Antonieta. Sale con un muchacho muy simpático que se llama Tito y que es un bueno para nada. Estoy sumamente preocupada, y debe ser por eso que te escribí apremiándote a que le consiguieras una visa en Estados Unidos y tratándote tan mal como lo hice.

¿Me disculpas? ¿Sí o sí?

Tú no sabes lo que ocurre por aquí porque te fuiste a vivir en la capital y desde allí casi no has vuelto. Lo que ocurre es que los jóvenes se van quedando sin oportunidades. Si Antonieta se queda aquí, terminará casándose con este joven y eso significa lo peor del mundo: tendré que aguantarlos en mi casa a ella, a él y a la criatura que venga.

A lo mejor debo hacerte una confesión. A mí también me ha ocurrido lo que a ti, pero me fue mal. En mi caso, conocí a un gringo de

Miami. Nos escribimos muchas veces. Era un hombre hecho y derecho, no un jovencito. Muy guapo, por supuesto. Un adonis, hija.

Un adonis fue lo que dijeron las chicas no tan chicas de aquí cuando vieron su foto. Hoy no puedo continuar. Te voy a pasar la foto la próxima vez que te escriba.

Un beso de Raquel

XXII

Carmela conoce cómo es la muerte

Carmela no puede recordar cómo regresó a casa después de su fallida fuga. Quizá el tiempo corrió más lento o se descompuso. A pesar de que le parecía que el tren se tomaba mucho tiempo y que la distancia entre la estación y su casa se había alargado, llegó cinco minutos antes que Chuck. En ese lapso, pudo llevar la maleta a su dormitorio, cambiarse de ropa y llegar hasta la puerta para recibir al dueño de la casa.

Había algo raro, sin embargo. En vez de ser conducido por el autobús especial que lo había llevado, Williams bajó de un taxi y pagó la carrera. Además, llevaba puesto un sacón que no era el de la mañana. Carmela se dijo que los nervios la estaban haciendo olvidar. Ese podía ser el caso, o también que su compañero hubiera llegado más temprano y que luego hubiera salido a buscarla. Lo sabría en pocos minutos.

Le preguntó si quería que le sirviera una bebida caliente, pues en la noche no cenaban, pero Chuck respondió que no tenía ganas.

Ella esperó la reprimenda, pero luego de un largo momento en que ella estaba de pie, nada dijo él. Por fin, el hombre ordenó:

—Nos sentamos, ¿no?

Se sentaron frente a frente en la mesa. Se produjo otro silencio, después del cual él preguntó:

—¿Tienes algo que decirme?

—¿Algo que decirte?...

—Sí, algo que decirme.

—No.

—¿No?

—No.

—¿Tal vez algo que contarme?

—¿Por qué?

—Te pregunto si tienes algo que contarme. No tienes por qué hacerme la repregunta.

Se quedaron en silencio. Ella pidió permiso para volverse al dormitorio.

—Debes estar muy cansada.

Él se quedó mirando la televisión. Había receptores en los dormitorios y en la sala.

A la mañana siguiente, Carmela saltó de su cama para ir cuanto antes a la cocina y preparar el desayuno, pero se encontró con la sorpresa de que Chuck Williams ya lo había dispuesto todo. Sobre la mesa, se podían apreciar una botella de jugo de naranja y un termo de agua caliente junto a unas tostadas de pan oscuro. Para ella, en el lugar que le correspondía, se dibujaba una taza colmada de un café caliente, oloroso y humeante. Frente, estaba sentado él.

—Quise darte una sorpresa —dijo Chuck.

—¿Una sorpresa? ¡Oh, gracias!

—La mereces. La mereces. Ayer, mientras estaba fuera, compré el café que más te gusta. Es este, ¿no es cierto?

Le mostró una lata de un café instantáneo en polvo.

Ella dijo que sí. Quiso agregar que le encantaba, pero se le adelantó Chuck.

—Además, las tostadas no son de pan blanco. Son de centeno con harina integral. ¿Me ibas a contar sobre lo que hiciste ayer?

Cuando ella iba a despegar los labios, él se adelantó para proclamar las virtudes del pan que había comprado.

—¡Pura fibra!

Luego, Chuck tomó una de las tostadas con un tenedor, y comenzó a mencionar sus contenidos nutritivos:

—¡Proteína, fibra, sales vitaminizadas e hidratos de carbono! —añadió—: Te estoy pidiendo, rogando, que te sirvas el café. Le he puesto dos cucharadas de azúcar rubia como te gusta. A esta hora de la mañana, hay que añadir azúcar al torrente sanguíneo.

A Carmela le habría gustado prepararse el café ella misma, pero no podía hacer desaire de esa gentileza. Comenzó por servirse un vaso de jugo de naranja. Lo paladeó un buen momento y le pareció que provenía de esas mismas frutas de color amarillo pálido sobre fondo verde que había saboreado en Colombia. Por breve instante, se sintió feliz.

Quiso hacer más larga su felicidad y comenzó a beber con lentitud, de sorbo en sorbo, el zumo que se le ofrecía.

—¿Y el café? ¿No lo vas a tomar?

Recordó que las naranjas de Colombia son pálidas como los limones. No son de color naranja.

—El café, ¿no lo vas a tomar? —insistió Chuck. Agregó—: Ten cuidado. Se te va a enfriar.

Chuck parecía sumamente interesado en que bebiera de la taza que le había preparado. Ella no podía desairarlo. Bebió un largo trago de café. Tenía sabor de canela. Le encantó el contacto del agua caliente contra sus labios. El aroma no le pareció agradable.

—Te gusta pasear, ¿no?

—¿Por qué lo dices?

—Por decirlo.
Se corrigió:

—Por decirlo, *honey*.

El propio Chuck le acercó la bandeja con las tostadas.

—¿Te sirves las tostadas?

Nunca lo había hecho.

—Es un pan excelente. A pesar de ser integral, se pone dorado.

A Carmela le parecía un tanto inusitada esa situación. Desde su llegada a Estados Unidos, no había gozado de un trato de esa naturaleza por parte de su compañero.

—¿No vas a terminar el café?

Ella levantó la taza y bebió otro sorbo.

—Agradable, ¿no?

—Sí, agradable.

—Yo que tú me lo tomaría de un solo sorbo.

—Prefiero saborearlo.

Él cambió la conversación.

—¿Crees que va llover?

—No se me ha ocurrido pensarlo.

—En la televisión, el hombre del tiempo dijo que iba a llover.

—¡Qué interesante!

—Siempre es importante saber si va a llover. Sobre todo, si vas a emprender una larga caminata.

Parecía enterado de todo.

—¿Por qué no te acercas a la ventana, la abres y miras al cielo para enterarnos si va a llover?

Ella obedeció. Se levantó de la mesa. Caminó hacia la ventana, la abrió, miró y regresó.

—No, no parece que vaya a llover.

Lo que sí le parecía era que la cabeza de Chuck estaba creciendo y creciendo hasta casi alcanzar el techo de la sala. Del otro lado de la mesa, ya no se veían sus brazos ni su tronco. Solamente, se advertía una cabeza descomunal que no cesaba de crecer.

—¿Te sirves el resto?

—¿El resto? ¿El resto de qué?

—¡De qué va a ser! ¡El resto del café! ¡Del café!

Le pareció que la palabra «café» también se iba extendiendo. La letra «e» comenzó a girarle en el oído. La mesa se había alargado. El gato, su amigo, apareció de pronto. Se trepó sobre la mesa. La cruzó trotando como si fuera un caballito e hizo el ademán de volcar la taza del café.

—¡Fuera, fuera!

El gato tuvo que correr porque Chuck lo perseguía con el periódico enroscado en forma de un tubo contundente.

Otra vez regresó el felino y de nuevo quiso volcar la taza del café.

Eso era demasiado para Carmela. Sintió que perdía peso. Sus brazos se levantaban sin que lo deseara ni hiciera el menor esfuerzo. Con las manos agarrotadas se asió al filo de la mesa y temió que si no se aferraba, iba a comenzar a flotar.

No entendía nada de lo que estaba ocurriendo. De repente escuchó un sonido por encima de ella. Atinó a levantar la cabeza y vio que el techo se estaba abriendo.

Como si el segundo piso jamás hubiera existido, se abrió el techo y dejó pasar una luz clarísima. Era como si fuera el día del Pentecostés. Del cielo bajaban voces de ángeles y pájaros.

De rato en rato, pasaban volando algunos cuervos. El gato también parecía suspendido en el espacio. El cielo, completamente abierto, daba la impresión de estar esperándola.

Bajó la cabeza y, antes de cerrar los ojos, tuvo un instante de lucidez. Chuck la miraba sonriendo. Tenía la mirada fija en ella.

—¡Descansa en paz! —probablemente dijo él.

A ella quizá le pareció que todo en la casa y fuera de ella resonaba con dolor. Comenzó a ascender, y sobrepasó las nubes de California. El valle, los puentes, las aguas, los bosques, los edificios y los parques, todo comenzó a evaporarse a medida que Carmela entraba en una vasta y negra soledad.

—¡Descansa en paz!

Carmela sintió que una voz desde arriba la llamaba. Le decía que sus horas sobre la Tierra ya había terminado. Le alegró saberlo porque los últimos tiempos no habían sido los mejores. Se preguntó qué ocurriría en esos momentos. Sintió que su alma era arrebatada rauda hacia los espacios y que cruzaba un mapa y una porción del océano. Atravesó nubes, turbulencias, montañas, ríos y tempestades. Al final, distinguió el perfil único de Santa Marta. Sobre su ciudad natal, brillaba un cándido sol de invierno. Comenzó a descender suavemente sobre el cementerio.

El cementerio estaba colmado de gente que visitaba a sus parientes cercanos, y Carmela pensaba que iba a morirse de miedo en ese lugar, pero se dio cuenta de que no se encontraba dentro de alguna tumba y que por lo tanto no tenía por qué asustarse.

Además, no se escuchaban ni sollozos ni gemidos. Acababa de llegar un grupo de personas para celebrar el cumpleaños de una difunta. Escuchó las conversaciones y se enteró de que la señora llevaba 16 años de muerta, pero que las fiestas anuales frente a su tumba formaban parte de su última voluntad. Era lo dispuesto en su testamento.

En medio de bóvedas y mausoleos, un redoble de tambores hacía bailar a los recién llegados. En el lugar, se habían instalado unas mesitas en las que se servían picadas y sancocho. Carmela se puso detrás de una joven que no estaba bailando y le preguntó al oído la razón de tanto alboroto.

—Es que la difunta era muy parrandera.

Primero la muchacha respondió. Después volteó a mirar quién le había preguntado, pero no encontró a nadie. Sonrió. Añadió a su respuesta:

—Ahora estará cumpliendo 94 años.

Carmela se extasió contemplando a la gente que llegaba con flores. Se acercó a olerlas. Aspiró el olor dulce de las margaritas recién cortadas. Un sacerdote entró en esos momentos para rezar un responso junto a una tumba.

El hombre de sotana vertió gotas de agua bendita hacia todos los lados y dijo algunas palabras en latín que, extrañamente, Carmela podía comprender aunque nunca lo había estudiado.

Después se acercó a un grupo de personas y trató de distinguir entre ellas a alguien a quien conociera, pero no fue así.

Nadie podía verla. Su presencia, sin embargo, era advertida por el perro del guardián del cementerio. El animal se erizaba y la miraba fijamente o, más bien, miraba fijamente el lugar del aire donde ella probablemente se encontraba.

Buscó con la mirada ávida la presencia de algún ciego en el camposanto. Si se acercaba a un invidente, podría establecer una conversación sin que aquel se enterara de que hablaba con una difunta.

Le comenzaron a entrar ganas de conocer a otros muertos, pero no se les podía distinguir. Se acercó a una mujer demacrada, vestida de negro, y le preguntó.

—¿Está usted muerta?

La mujer no advirtió quién se lo estaba preguntando.

—¿Y usted?

Carmela se supo escuchada y avanzó junto con una procesión de dolientes. Podía hablar al oído de algunos de ellos, y hacer que este supusiera que su compañero le estaba hablando.

—¿Te sientes muerto?

—Muerto de cansancio. ¿Y tú?

—Yo estoy muerta.

—¿Esa es la letra de algún vallenato? —preguntó el interpelado. Luego miró a uno y a otro lado, y, como no viera a nadie, pareció sentirse algo preocupado.

Otra vez se deslizó Carmela. Llegó levitando hasta el grupo de bailarines que festejaban el cumpleaños de una difunta. Una anciana que estaba sentada pudo percibirla y le pasó un vaso de aguardiente que ella declinó.

La anciana volvió a mirar, y ya no la vio.

—¡Qué raro! Me pareció que a mi lado había una señora muy guapa —dijo y dejó el vaso sobre una mesita. Mientras tanto, unos borrachos algo desentonados cantaban:

«No estaba muerto, estaba de parranda.
No estaba muerto, estaba tomando caña».

Cuando la gente terminó de irse, Carmela se metió en una bóveda vacía y calientita. Estaba muy feliz después de los festejos mortuorios. Se sintió muy orgullosa de su país. Se quedó dormida.

Cuando ya despuntaba el nuevo día en Colombia, despertó y se entretuvo en contar las estrellas que se resbalaban por la bóveda del cielo y observó las constelaciones que se desdibujaban para formar otros diseños. Le pareció escuchar cómo crecía la hierba y cómo giraba el planeta, y se dijo que esas cosas solamente ocurren en la patria de uno. Le apenó constatar que no estaba enterrada allí, en su tierra, y que tal vez iba a dormir para siempre boca arriba bajo los suelos fríos de Estados Unidos.

Carmela había dejado caer la cabeza sobre el tapete del desayuno. Enfrente de ella, sonreía Chuck Williams. El hombre terminó de cerciorarse de que su compañera estaba inexorablemente dormida, y comenzó a actuar.

Alzó el tubo con las pastillas del poderoso analgésico que el médico le había recetado para el caso de que sus dolores articulares se acrecentaran, y lo miró con gratitud. Tenía el frasco siempre sobre la mesa por si acaso se presentara alguna eventualidad. En esta ocasión, había molido tres pastillas en el café servido a la dama colombiana y había estado esperando los resultados.

Cuando advirtió que Carmela no levantaría el rostro, se acercó penosamente hacia ella con la posibilidad que le dejaba su cuerpo de semiinválido. Le puso encima una manta. Después buscó otra más, la tapó y logró empujarla al lado de los muebles. Le costó algún trabajo pasarla al sillón más largo, pero lo logró. Tendida allí, Carmela no parecía ya existir. Su presencia pasaba inadvertida junto a los muebles, que todo el tiempo estaban cubiertos. No exhalaba un ronquido. Su respiración era tranquila y cristalina.

—¿Están ustedes muertos?

Carmela quiso insistir en el recuerdo de su tierra, pero el cementerio ya estaba desapareciendo. Desaparecían también los dolientes. Otra vez desapareció el color y la música de la patria. De nuevo, una mano se la llevó al cielo y otra vez desde allí tomó el camino de regreso a San Francisco, como le ocurre a toda la gente que se queda dormida y sueña que está muerta.

Cuando Carmela despertó, posiblemente había pasado un día o acaso dos, no podía saberlo. Chuck se encontraba en su dormitorio viendo la televisión.

—¡Carmela!

—Sí, ya voy —respondió ella.

—¡Carmela, no vuelvas a hacer eso!

—¿Qué he hecho ahora?

—Nada, me diste un inmenso susto. Te has quedado dormida durante todo un día y una noche. ¿Has tomado algo o fumado alguna sustancia extraña el día anterior?

Ella no respondió. No sabía cuál era la respuesta que él esperaba. Se dio cuenta de que sus respuestas debían están articuladas con lo que esperaba Chuck Williams.

—Te lo digo porque el día anterior saliste de casa, ¿no es así?

Lo sabía todo. No podía negárselo.

—Sí.

—¿Y por qué lo hiciste?

No respondió.

—¿Pensabas escaparte?

—¿Escaparme?

—Sí, escaparte.

—El día anterior cuando fuiste a la consulta médica salí únicamente a dar unas vueltas.

—¿Unas vueltas y con una maleta?

Ella no sabía cómo podía advertirlo porque a su vuelta había puesto las cosas en el orden en que se encontraban siempre.

—No lo vuelvas hacer —dijo conciliadoramente Chuck—. No lo vuelvas hacer. —agregó. Puede ser peligroso para ti.

Carmela no sabía si Chuck la estaba amenazando.

—En el futuro, cuando salgas, limítate a lo que está más cerca a la casa. Puedes salir a correr como siempre lo haces. En el camino podrías encontrar algún policía de inmigración. A eso me refiero. No creo que quieras abandonarme.

Ella respondía automáticamente con los monosílabos que correspondían.

—No.

—¿No qué?

—No voy abandonarte.

—Eso es, niña buena.

—¿Me lo perdonarás?

—Ya estás perdonada.

—No quise hacerlo.

—Yo sé que no quisiste hacerlo —sonrió el hombre.

Carmela se levantó del sillón donde había estado durmiendo y decidió irse al baño y al dormitorio para asearse y cambiarse de ropa.

—Encontrarás algunos cambios en el dormitorio. Estuve arreglándolo —dijo el hombre.

Ella lo miró sin saber qué respuesta esperaba.

—Algo más... Temía que tuvieras algún mensaje importante de Colombia y he ingresado en tu cuenta de *e-mail*.

No le extrañó.

— Hay algo que quiero recordarte.
—
—¿Sí?

—Tu amiga Raquel y su hija insisten. Ahora quieren que les des tu número de teléfono e incluso nuestra dirección postal.

—No lo sabía. Toda nuestra comunicación fue por *e-mail*.

—Raquel dice que una de sus amigas conoce al cónsul de Colombia en San Francisco. Según ella, el cónsul o alguien de su oficina va a venir a visitarnos.

—¿Visitarnos?

—Dice que lo haría solamente para saludarnos, pero insiste en el tema de que consigamos una visa para su hija.

—¿Y el cónsul ha aceptado venir?

—No, todavía. Es una persona muy ocupada y, sobre todo, sensata. Espera que lo invitemos, pero quiero decirte algo… Me vas a escuchar, ¿okay?... ¿Okay?...!Okay! En ningún momento, por ningún motivo, se te ocurra dar esta dirección ni mi número de teléfono a nadie. ¿Está bien?

—Está bien.

Se acordó de algo más.

—Por supuesto, he guardado en lugar seguro el dinero que habías llevado contigo, los 87 dólares con 50 centavos. Es mejor que te los guarde yo. Es muy peligroso que camines con ese dinero por en medio de los cielos.

—¿Los cielos?

—¿Dije los cielos?... Ja, ja, ja... Quise decir por en medio de estos caminos...

—Bueno, voy a mi dormitorio.

—¿Bueno?

—Bueno.

—¿Bueno qué?

—¡Gracias!

—De nada, niña buena.

—¡Gracias, gracias...!

XXIII

Adonis de rodillas pide la mano de Raquel

De: Raquel

Para: Carmelita

Asunto: De rodillas

Carmelita:

Ya es la medianoche y te vuelvo a escribir. Como te prometí, allí va la foto del adonis. ¿No te parece guapo? Aparece con un grupo de sus pacientes porque según me explicó es un médico retirado que pasa la mayor parte del tiempo en un gimnasio de Key Biscayne. Allá da consejos contra la obesidad y enseña ejercicios para evitar los dolores de cuerpo. Trabaja ad honórem porque tiene una buena pensión, y sus horas en el Fitness Club solo le sirven para distraerse. Sus pacientes son gente como él, personas jubiladas de mucho dinero o millonarios que han emigrado de América Latina.

Haz clic en el archivo y lo verás. ¿No te parece un adonis, hija? ¡Un adonis, de veras!... Esta es la primera foto que me mandó, pero me bastó para conocerlo y convencerme de que es todo un caballero.

Cartas van, cartas vienen, nos fuimos acercando. Descubrimos que teníamos las mismas preferencias y deseábamos lo mismo de la vida.

No te voy a decir que fuera un amor violento lo que surgió entre nosotros porque ni él ni yo estamos en la edad para esos trotes, pero el correo electrónico tiene su magia y hace que al más prudente se le dé por creer que todavía está para ese tipo de ventarrones.

¡Tú que fueras, hija! Kent Buys me contó que, además del gimnasio, dedicaba sus horas de ocio a hacer labor social entre los viejitos en un *nursing home*. Me conmovió, Carmelita. Me hizo ver que era un hombre de bien. Como te decía antes, todo un caballero.

¡Confesémonos!, me dijo un día. Ponte una botella de vino y una copa al lado de la computadora y cuéntame tu vida.

¿Mi vida?

A todo esto, ya me había contado la suya con pelos y señales, que había estudiado Medicina en Harvard, que se había especializado en la Clínica Mayo, que había atendido en Miami a luminarias del cine y la televisión, que allí se había jubilado, que tenía una pensión excelente y que, además, era uno de los principales accionistas de un hospital de primera.

¿Mi vida? ¿Pero qué puede interesarte de mi vida? ¿Qué he hecho yo de importante?

Todo. Todo lo que has vivido es importante para mí.

¡Qué tenía yo que contarle, hija! Le hablé de mis estudios en el colegio de monjas, de mi primera comunión, del primer baile al que acudí, de mi recepción de 15 años y de la época en que conocí al padre de mi hija. Allí me entró una especie de rubor, pero Kent me ayudó. Cambió la conversación y me pidió que le contara cómo me había ido en el terreno económico y si alguna vez me había faltado algo.

¡Qué caballero, hija! Apenas sentía él que me faltaban palabras, me ayudaba con frases cariñosas.

Una copita más, por favor, Raquel. Aquí estoy tomando una copa por ti. Levanta allá tú la tuya y sigue. Sigue, amor, sigue, sigue contándome tu vida.

Le hablé de algunas propiedades que me dejaron mis padres, pero no le conté que había tenido que venderlas cuando murió el padre de Antonieta y que me había quedado con la casa señorial, pero no con el señorío. Tú que fueras, Carmelita, tampoco me parecía apropiado pasar por pobrete. ¿No lo crees? Al final de todo, la enumeración de mis bienes me parecía irrelevante, pues era él quien tendría que mantener y administrar el hogar.

Alternábamos el *e-mail* con el *chat* de audio. Nunca le permití que ingresáramos en uno de video porque me parecía una invasión peligrosa en mi vida privada. Por lo menos, eso es lo que le dije, aunque la verdad es que no quería que me encontrara sin maquillaje. ¡Ay, mamá! Tú te pasas, eres muy onda retro, me decía Antonieta. ¡Déjalo que él te vea como eres! No va a suponer que orinas agua bendita.

Todo se desarrolló pausado y con prudencia entre nosotros. Por ejemplo, cuando Kent me anunció que viajaba a conocerme dentro de tres meses, le rogué que me diera un poco más de tiempo, un año siquiera, y le aseguré que todavía no me sentía suficientemente preparada.

¡Ay, mamá! ¡Cómo no va a estar suficientemente preparada una mujer viuda de 60 años!, me llamó la atención Antonieta y, siguiendo su consejo, bajé la fecha del año a solamente seis meses. Eso sí, le advertí en un *e-mail*, cuando él llegara, no debíamos ser vistos juntos y solos en lugares públicos, y yo no saldría con él si no nos acompañaba mi hija.

¡Ay, mamá! ¡Nunca me había imaginado que iba a ser chaperona de una anciana!, se quejó la Antonieta, pero en eso sí fui irreductible.

A Kent le arreglé una habitación lo más lejos de la mía e invité a mis amigas, las chismosas de siempre, para que vieran la casa refaccionada y la distancia que había entre el gabinete del caballero y el reducto de mi honra.

Fueron los seis meses más laboriosos de mi vida. Tú sabes que sigo viviendo en la casa que fue de mis antepasados en el centro de la ciudad y que no he tenido dinero para trasladarme a una de esas torres suntuosas frente a la playa.

Por ello, transformé mi casa para que no se pareciera demasiado al hogar antiguo en que habían vivido mis padres y antes mis abuelos. Guardé en el ático los viejos daguerrotipos y me quedé solamente con una foto de mis padres en la pantalla de la computadora.

Mandé a tapizar mis muebles viejos y ordené que les dieran colores más vivos para que tuvieran aspectos juveniles y modernos. Hice sacar los preciados gobelinos que pertenecieran a mis abuelos y pinté la casa con colores diferentes. En la sala, puse una alfombra encima de la vieja, pero ambas eran tan mullidas que, al ingresar en la casa, Antonieta y yo nos hundíamos y dábamos saltos, y parecíamos astronautas caminando sobre la Luna.

Al final me di cuenta de que había sobrepasado mis metas y que la casa parecía más adecuada para mi hija que para mí. Por lo tanto, compré en una tienda de vejeces una pianola anticuada que no funcionaba, y decidí refaccionarla. En eso me ayudó Tito, el novio de Antonieta, que por lo menos en ese momento nos sirvió como reparador de pianolas.

Cuando Tito terminó su tarea, me di cuenta de que no teníamos rollos de música, pero nuestra amiga, la *madame* Bovary de Santa Marta, o sea, Chelita, la profesora de francés, me prestó el único rollo de papel perforado que tenía la pobre y que reproducía la «Oda a la alegría», de Beethoven. Sin embargo, la bobina tenía problemas de velocidad y por momentos la alegría venía mezclada con desdichas, amarguras, quebrantos y quejidos.

Entonces me acordé de las clases intensivas de alemán que había recibido en la escuela y en el hogar de mis padres cuando me preparaban para casarme bien y ser una dama de alcurnia, y me dediqué a tiempo completo a memorizar la composición poética de Schiller que sirvió de letra a la oda de Beethoven.

«Froh, wie seine Sonnen fliegen

Durch des Himmels prächtgen Plan,

Laufet, Brüder, eure Bahn,

Freudig wie ein Held zum Siegen.

Seid umschlungen, Millionen!

Diesen Kuss der ganzen Welt!Brüder - überm Sternenzelt

Muss ein lieber Vater wohnen.

Ihr stürzt nieder, Millionen?

Ahnest du den Schöpfer, Welt?

Such ihn überm Sternenzelt,

Über Sternen muss er wohnen».

¡Ay, mamá! Total, ¿eres antigua o moderna?, se volvió a quejar mi hija, pero no le hice caso.

A todo esto, el adonis de Miami estaba más enamorado que nunca. Me mandó por *e-mail* un formal pedido de matrimonio y, por correo ordinario, sus papeles de identidad para que yo los llevara a Bogotá, al consulado de Estados Unidos a fin de ser refrendados y luego se los entregara a algún notario de Santa Marta. De esa manera, todo estaría listo para celebrar el matrimonio civil apenas él llegara.

Acaba de llegar Antonieta. Mejor dejo para más tarde lo que te estoy contando. No quiero que mi hija se entere de lo que te escribo... Buahhhhh... Viene acompañada por Tito. Te quiere, Raquel.

XXIV

Llega la peluquera de los fantasmas

En abril, la primavera llegó a San Francisco. El sol primero se posó sobre la pirámide Transamérica, caminó por la avenida Columbus, descendió en zigzag por la calle Lombard y pasó rozando todo Mission Street. A mediodía del 2 de abril, la primavera ya era dueña de toda el Área de la Bahía, pero no había entrado en la casa de Chuck Williams.

—A veces pienso que estoy muerto —dijo Chuck.

Carmela en esos días había preferido no mirarlo, suponer que se hallaba frente a un amo invisible.

—Muerto, caminando como un fantasma.

Carmela observó la silla de donde salía esa voz y por un rato no le pareció a nadie allí. Más tarde, el hombre se materializó y se convirtió en el mismo gringo amable, parecido al actor Robert Duvall, que la había recibido en el aeropuerto.

—Me pregunto si te sientes bien aquí.

Ella se lo quedó mirando, y le pareció que el hombre, en efecto, estaba muerto. A lo mejor era difunto desde hacía muchos años, acaso desde antes de que comenzara a chatear con ella.

—Te veo triste. Muy triste. Creo que no has encontrado aquí lo que buscabas.

Ella estuvo a punto de preguntarle qué era lo que él suponía que ella andaba buscando, pero se había vuelto cautelosa y prefirió seguir escuchando.

—El sueño americano, por supuesto. Eso es lo que andabas buscando y lo que no has encontrado en esta casa. Te vuelvo a preguntar si no te sientes bien aquí.

Ella quiso preguntarle si tenía otra alternativa, pero continuó callada.

—Lo que te quiero decir es que tengo una sorpresa para ti.

—¿Sorpresa?

—Sí. Una sorpresa. ¡Adivina!

No hizo ningún intento por adivinar.

—Adivina, pues. Te va a hacer feliz.

Carmela fue descartando uno por uno los posibles acontecimientos que podrían hacerla feliz. Volver a su tierra estaba en primer plano. Le seguían, a posibilidad de trabajar y la de alternar con otras personas y, por fin, la visita al centro de San Francisco, pero se dio cuenta de que no podía aspirar a ninguna de esas maravillas porque una tras de otra le habían sido negadas por su compañero.

—¿Ya adivinaste?

—¡Adivinar!

—Es algo que solías hacer en tu tierra. Por lo menos, una vez por semana o cuando te preparabas para una fiesta.

Más sorprendida quedó Carmela. Suponía que debido a las razones invocadas por Chuck, todo lo que le podía dar alguna felicidad le estaba descartado. La situación económica de él y la condición de ella como migrante ilegal en Estados Unidos descartaban de plano todo aquello a lo que podía soñar.

—¿Una mujer... a qué es lo que aspira?

—¿Una mujer? —se preguntó si Chuck la seguía considerando como una mujer.

—A sentirse bella, ¿no es cierto?... A que su hombre la admire, ¿no te parece? Incluso a admirarse ella misma en un espejo. Creo que ya te lo dije.

Carmela no parecía disponer de dotes adivinatorias.

—Estoy seguro de que te gustaría hacerte un peinado.

—¿Un peinado?

— Sí, un peinado.
—

No lo podía creer. Eso contrariaba todas las razones invocadas por Chuck.

—¿Quieres decir que deseas que yo me haga un peinado?

—Quiero decir que tú quieres que una peluquera te lo haga.

No lo podía creer y pensó que se trataba de un ofrecimiento con plazo lejano. Sin embargo, él de inmediato descartó esa posibilidad.

—No voy a decir un día de estos. Va a ser hoy.

—¿Hoy?

—Hoy, sí. ¿Qué hora tenemos?

—Son las ocho y cuarto de la mañana.

—Perfecto. Comienza a hacer las tareas que te corresponden. A las cuatro y cuarto de la tarde llegará una señora. La Seguridad Social me envía periódicamente a una persona que se encarga de mis masajes y de mi apariencia personal. Incluso me da la oportunidad de ofrecerle este servicio a mi esposa. No me exigen los papeles que prueben que estamos casados, de modo que no hay problema, ni tendré que pagar una cantidad adicional. He pedido que venga una peluquera y que te atienda.

—¿Va a atenderme a mí?

—A las cuatro y cuarto de la tarde.

Del desayuno, pasó Carmela a su habitación para cambiarse de ropa y ponerse un mameluco que le permitiría entrar en el jardín y trabajar allí. Inmediatamente, antes debía tomar la canasta del gato y limpiarla. Se acordó de que tenía que limpiar el ático. Se acordó de que debía descongelar la refrigeradora y baldear los pisos. Se acordó de muchas otras obligaciones y, sin embargo, fue feliz.

A las cuatro y cuarto de la tarde, alguien tocó el timbre de la casa, y Chuck le hizo una seña a Carmela para que saliera a abrir.

Era una mujer delgada, pálida, vejancona y alta como se podía imaginar a las misioneras de alguna severa religión protestante. Quiso saludarla con un abrazo, pero la mujer no se lo permitió.

Le dijo:

—*Good afternoon.*

No obtuvo respuesta.

Severa y expeditiva, la recién llegada se dirigió al lugar de la sala donde previamente Carmela había puesto una silla frente a un espejo.

Con una señal de la mano, le ordenó que se sentara.

La peluquera luego se alejó de ella y comenzó a mirarla a través de sus dedos como si la estuviera midiendo o haciendo un diseño en medio del cual debía aparecer la cabeza de la dama colombiana.

Carmela le indicó la forma en que prefería el peinado, pero la mujer no dio la impresión de haberle entendido ni una sola palabra. Eso le extrañada porque estaba segura de su dominio del inglés. En vista de que había estudiado en el British Council, pensó que su acento era demasiado británico.

Carmela recordó que hasta ese momento, a pesar de haber pasado varios meses en Estados Unidos, tan solo había hablado con Chuck en la casa y con una monjita en la parroquia, y que probablemente eran las únicas personas en ese país capaces de comprender su acento. La asustó el hecho de haber sido profesora de inglés en Colombia y de haber enseñado ese idioma a tantos niños que tal vez iban a pasar por el mismo problema cuando pisaran tierra estadounidense.

Hizo el mejor esfuerzo para hablar con acento estadounidense, pero la mujer alta y delgada no dio la menor seña de haberla comprendido ni tan siquiera escuchado. Con señas, le indicó que se sentara en la forma más conveniente. Luego la cubrió con una toalla hasta el cuello.

Por fin, abrió un maletín negro que había llevado y sacó del mismo la hoja de un catálogo que contenía cinco fotografías. Sin palabras, le pidió que señalara con el dedo cuál de los peinados era el que le gustaba.

Carmela se resignó al trato que la mujer le ofrecía, y levantó los ojos hacia los modelos que le mostraba. Era increíble: los cinco modelos correspondían a actrices mexicanas de una época muy anterior a la suya. Ninguna le resultaba fascinante. Se quedó asombrada sin saber qué hacer. La mujer le acercó más el papel y, entonces, Carmela tuvo que señalar con el dedo el rostro de una de las mujeres.

La peluquera tomó el papel y se lo mostró a Chuck para saber si aprobaba la decisión de Carmela. Aquel miró con fijeza la foto e hizo después un gesto afirmativo con la cabeza.

Obtenida la aprobación, la mujer bajó la cabeza en señal de que iba a comenzar su obra. Sacó del maletín un peine y una colección de tijeras y se puso un atuendo que a Carmela le pareció la ropa de trabajo de una enfermera en el quirófano.

La mujer comenzó a examinar sus tijeras a la luz de la ventana para decidir cuál usaría y se tomó algún tiempo. Eso le pareció raro a Carmela porque no era lo usual en las peluquerías que antes frecuentara. Mientras más la miraba, más recelos comenzaba a sentir.

—Chuck.

—Carmela.

—Chuck... Preferiría postergar este corte. Mejor que ella trabaje contigo.

—Carmela, ¿estas bien?

Se lo dijo de una manera que no sonaba a pregunta sino a orden terminante.

Carmela comenzó a mirar las tijeras. El destello y el filo de las mismas le hicieron recordar una película reciente en la que unos asaltantes operan a una mujer y le roban un riñón para venderlo en una clínica de trasplantes quirúrgicos.

Mientras la peluquera hacía su trabajo, Carmela no cesaba de pensar en que iba a ser la víctima de una operación criminal. También había visto en un noticiero de la televisión las historias horrorosas de Ciudad Juárez en que miles de mujeres eran raptadas. A veces, sus cuerpos aparecían descuartizados. A veces, no.

¿Sería ella un instrumento de Chuck? ¿El motivo? ¿Una decepción amorosa tal vez? Tal vez estaba confundiendo en ella el rostro de las mujeres latinas con quienes había tenido una mala experiencia.

La mujer con cara de misionera terminó su trabajo y le puso el espejo frente de ella.

No pudo creer lo que veía. El peinado le había dado el perfil anacrónico de una actriz del cine mudo. De todas formas, sonrió satisfecha al verse en el espejo y constatar que continuaba viva.

—¡Estás muy bella! —resonó la voz de Chuck desde el otro lado de la sala. Parecía hallarse de excelente humor.

La peluquera le hizo firmar un papel y se marchó. Cuando cerraba la puerta tras de ella, comentó:

—No es muy comunicativa, ¿no?

Carmela se animó a preguntarle si su inglés era difícil de comprender en Estados Unidos.

—¡Oh, no! No lo pienses.

—¿Entonces?

—Mrs. Death no habla con sus clientes. Nunca ha hablado con ellos.

—¿Mrs. Death?

—¡Ja, ja! Llamémosla así. Antes de entrar en la Seguridad Social, trabajaba en un mortuorio. Era la encargada de embellecer a los cadáveres.

Esa noche, Carmela decidió dormir con la cabeza boca abajo para no dañar el peinado. Cuando trataba de arreglarse, sintió los pasos difíciles de Chuck que se acercaba a su cuarto. El hombre se sentó al lado de la cama primero y Carmela pensó que todo volvía a ser como al comienzo. Sintió que se inauguraba una nueva vida y que iba a ser tan erótica como al comienzo.

El hombre se sentó al lado de la cama. En la penumbra, vio que el hombre tenía un pijama de color azul eléctrico, y sentado todavía la tomó por el hombro y le habló de muchas cosas. Le contó su vida.

Comenzó a narrarle su participación en la guerra de Vietnam. Era el encargado de la radio en el grupo de soldados al que se le había adjudicado. Debía comunicarse con las otras unidades y coordinar las acciones futuras. Quiso saber si ella tenía alguna pregunta sobre ese momento de su vida. Ella calló. Él adivinó.

—Quieres saber si he matado. Cualquier respuesta que te diera no la creerías. La verdad es que no lo sé. En medio de la guerra, estás en el reino de la oscuridad. Te dices que estás metido en un sueño y que nada de lo que hagas tendrá un sentido moral. Apuntas y disparas muchas veces como se hace en las ferias contra botellas o contra muñecos de papel. Cuando alguien cae, supones que volverá a levantarse.

Se contuvo.

—Quizá uno ya no pertenece al reino de la luz. Te mueves dentro de un agua oscura. Matas o mueres, o mueres y matas. Una vez, el jefe del pelotón me ordenó que disparara. ¿Contra quién?, pregunté. No sé, me respondió, pero mata pronto a ese hijo de puta. Accioné el percutor y sentí el ruido de alguien que caía sobre un suelo tan blando como un colchón. Seguí disparando.

Se contuvo otra vez. Quizá pensaba que había hablado demasiado.

—Quizá maté a algún enemigo. Quizá maté al jefe de mi pelotón. Quizá me maté a mí mismo. Todos los seres humanos nos parecemos.

Continuaba sentado sobre la cama. Tenía a Carmela asida por la muñeca del brazo izquierdo. Cada vez la ajustaba más.

—Quizá mis historias de amor fueron como las de mi participación en la guerra. Quizá maté. Quizá me mataron. La verdad es que ya no soy el mismo.

Calló un instante. Miró hacia el techo como si buscara inspiración en ese lugar de la casa y tal vez allí encontró lo que quería decir.

—Pero la guerra tiene una explicación. La hemos hecho desde comienzos de la historia para conseguir esclavos. Por eso, la humanidad ha avanzado, ha llegado a niveles superiores de evolución.

Otro rato de silencio, y añadió:

—Los humanistas ingenuos han condenado a la guerra y han inventado una ley moral que supuestamente defiende a los derrotados. Te lo repito: la guerra será necesaria hasta el fin de los tiempos. La esclavitud es imprescindible.

Recién en esos momentos, Carmela se animó a preguntar.

—¿Y por qué me cuentas todas estas historias?

—¿Por qué te las cuento? Te lo diré... Te las cuento porque he decidido estar a tu lado todo lo que nos queda de vida... Si muero primero, quiero que escuches mis últimos estertores, mi boca babeando y quiero que, luego, no te tardes en morir... y si hay vida eterna, quiero que nuestros cadáveres se estén mirando para siempre.

Le estrujó la muñeca y le ordenó:

—Siéntate. Siéntate, por favor.

Carmela se levantó. Lo hizo con cuidado para no arruinar el peinado que le había hecho la mujer con aspecto de misionera.

—Hice que te cortara el pelo y te arreglara porque quería celebrar esta unión mística contigo.

Carmela pensó que le iba a anunciar su boda.

Con ojos de enamorado, Chuck proclamó:

—Si un hombre ama a una mujer, debe reconstruirla a su imagen y semejanza.

—¿Cómo Dios?

—Como Dios.

Se quedó callado por un momento. Después, aclaró:

—No quiero crearte. No puedo crearte. No soy un dios.

La volvió a mirar con gran amor:

—No quiero crearte, sino recrearte. El peinado que te acaban de hacer por mi encargo convierte tu rostro en el de alguien a quien yo pueda amar por toda la eternidad.

Parecía haber olvidado el intento de fuga, pero de un momento a otro lo añadió a su monólogo:

—Parece que quisiste irte. Quisiste escaparte de nuestra casa, de nuestro amor. Mientras yo salía a la terapia, te fuiste hasta San Francisco en un tren. No sé qué te detuvo. No sé por qué regresaste.

—¿De veras no lo sabes?

—Bromeo. Por supuesto que lo sé. Lo sé todo.

—¿Y eso no te preocupa?

—No.

—¿No? ¿De veras?

—Querías escaparte, irte del país, pero eso es imposible.

—¿Por qué es imposible?

—Porque no te lo permitirán.

Miró de nuevo hacia el techo.

—El Estado no permite que vivas aquí, pero tampoco permite que te marches.

Ella bajó la cabeza.

—Te lo repito. No te lo permitirán.

—¿A quién debo acudir para lograrlo?

—A nadie.

Aclaró:

—No hay en el mundo nadie que te pueda apoyar. No hay nadie que te quiera apoyar.

Carmela se pasó la mano por la cabeza. Se sentía rara disfrazada de actriz del cine mudo.

—Espera, espera. Sí, hay alguien. Es Dios.

Carmela se miró en el espejo. Se parecía a Pola Negri, la mujer fatal de los años 20, la dama que se había desmayado 14 veces siguiendo el carro mortuorio de su amado Rodolfo Valentino.

—¿Ayudarte a escapar?... Solamente Dios, pero no creo que ayude a un inmigrante ilegal a desobedecer las leyes de Estados Unidos.

Insistió:

—No tienes a nadie, sino a mí. Por eso, voy a hacerme cargo de tu vida por toda la eternidad.

Ahora, fue él quien se miró en el espejo.

—¿Me imaginas muerto?

—¿Que si te imagino muerto?

—Sí, muerto...

—No se me ha ocurrido imaginarte así.

—¡Muerto!... Algún día voy a estar muerto. Mejor dicho, ambos vamos a estar muertos. Se nos secará el cuerpo y, como te acabo de decir, nos quedaremos mirándonos. Estaremos solos, *honey*, juntos y solos para siempre.

Aclaró:

—No vamos a casarnos formalmente. Ya te he dicho que, en ese caso, mi ex mujer podría hacerme un juicio y quitarme la propiedad de esta casa y la mitad de mi pensión.

A Carmela eso no le parecía tener sentido. Continuó escuchando.

—Pero quiero que recuerdes que nunca voy a separarme de ti.

Lo dijo sin darle un beso. Se levantó y, otra vez, con dificultad entró en el comedor. Dentro de la refrigeradora, había disimulado dos copas de vino. Haciendo equilibrio las llevó al dormitorio.

—¡Salud! —le dijo.

—¡Salud!

—No permitiré que nada nos separe —lo dijo con una mezcla de amor y de amenaza.

Por fin, añadió:

—...*Honey*, que nada ni nadie nos separe, *honey*.

Besó la copa y la depositó sobre la mesita de noche.

—Nos veremos las caras todos los días de la vida y de la muerte. Esta es una boda de muertos...

Carmela se sintió conmovida por todo lo que Chuck había hecho. La peluquera, las copas de vino, su historia, la confesión de todo lo que pensaba: todo era demasiado. Incluso, el ingreso en el dormitorio le hizo pensar que la vida conyugal iba a reanudarse.

Chuck volvió a sentarse al filo de la cama.

—Somos esposos. ¿Lo entiendes? Esposos...

No ingresó en el lecho. Continuó sentado y comenzó a hablar sobre asuntos de carácter ecológico.

Debido al sueño, ella no pudo entender el discurso. Lo que sacó en claro era que el calentamiento estaba envolviendo todo el mundo, los glaciares, las montañas, los ríos, los sembríos, las ciudades, los organismos humanos, los cielos y las aves. El calentamiento era global, pero no parecía que fuera a llegar otra vez a su dormitorio.

XXV

Raquel, el adonis y la duquesa

Asunto: No te lo podrás creer, el adonis de Key Biscayne

De: Raquel

Para: Carmelita

¡Qué te cuento, hermana! Cuando ya estaban sus papeles oleados y sacramentados, se los llevé a John Jairo Palomino, el mejor notario de Colombia y el más querido amigo de mi padre. Bueno, John Jairo quedó impresionado con la historia de amor que le conté, y proclamó ante un grupo de sus clientes que mi boda tenía que ser un acontecimiento social que haría historia en los anales de Santa Marta.

—No saben quién está aquí. No, no lo saben. ¡Pura sangre, caballeros! Los tatarabuelos de esta dama fundaron Santa Marta. ¡Pura sangre, caballeros!

Me hizo ver que la descendiente de una de las familias patricias que fundaron la ciudad no estaba para casarse así como así de un día para otro sino, por lo menos, llegar a la notaría en carro tirado por caballos árabes.

—¡Pura sangre!

Fui corriendo a escribirle un *e-mail* a Kent Buys y le rogué que me dejara un mes adicional para ultimar los detalles. A regañadientes, él aceptó. Además, en vista de que él no tenía ni una hermana ni una hija, ni siquiera una prima, decidió invitar a una de las señoras que frecuentaban el gimnasio, la que en la foto que te envié tiene un vestido de deporte de color fucsia..., la que tiene cara de duquesa.

—Joyce te va a encantar, Raquelita. Es más o menos de tu edad y habla perfectamente el castellano porque estuvo casada con un cubano.

Observé las fotos adicionales que me enviaba, y me pareció excelente. Además la señora que ahora yo llamaba La Duquesa, me hizo un par de llamadas por *chat* y resultó ser una persona encantadora. Cuando le comenté que nunca había visto una cara como la suya que reflejara tanto señorío, me dijo..., imagínate lo que me dijo:

«Tienes razón, Raquelita, no lo niego. Y es más, te voy a dar un consejo para cultivar la elegancia. Es algo que aprendí de la duquesa Kent cuando visitó Miami: Para ser elegante, decía, hay que estar siempre mirando a lo lejos con la nariz en alto y con cara de molesta como si a cinco kilómetros algo se estuviera pudriendo».

Gracias a ella, conseguí que mi adonis me diera otro mes a efectos de sentirme completamente preparada para el paso trascendental que iba a dar en mi vida.

Hay moros en la costa, hija. La Antonieta me está reclamando la computadora para ver lugares turísticos y ofertas de trabajo en San Francisco... Ah, por cierto, no te olvides de ella, por favor, hazle sus papeles, pídela.

Tu amiga

Raquel

Raquel tardó una hora en enviarle el próximo *e-mail*. Mientras tanto, entraron en la cuenta de Carmela otros cinco mensajes que la trataban de Mrs. Chuck Williams y le ofrecían un viaje a Bahamas, una estadía de fin de semana en Las Vegas, ropa de noche para encantar a su amante, una pensión en un *nursing home* para ancianos y, por fin, la incineración de su cadáver cuando le tocara la hora de viajar al otro mundo.

XXVI

Adonis se tarda en llegar a la boda

Asunto: Adonis Buys llega a Bogotá

De: Raquel

Para: Carmelita

Carmelita de mi alma:

¡Ay, hija! ¡No sé por qué te doy todos estos detalles, pero te los doy!... Como no hay plazo que no se cumpla, llegó el día del arribo de Kent Buys a Bogotá cuando faltaban 15 días para la boda.

Como te imaginarás, la alcahuetita esta de mi hija Antonieta me aconsejó que fuera a recibirlo, pasara unos días con él y volviéramos juntos a Santa Marta.

—¿Y qué más, hijita? ¿Quieres que después ponga una casa de mujeres malas?

—¡Ay, mamá! Ir a recibir a tu novio no te convierte en una prostituta.

—¿No?

—No.

—¿Qué quieres? ¡Que mañana hablen de tu madre!

—¡Ay, mamá! ¡Déjalas que hablen! Alguna vez será. Nunca en toda tu vida les has dado motivo.

—¡De ninguna manera!

—De ninguna, ¿qué?

—¡De ninguna manera! No puedo darte mal ejemplo.

—¡Mamá!

—¿Sí?

—¡Mamá!... Pero si soy yo la que te da mal ejemplo. ¿Qué crees que hacemos Tito y yo cuando pasamos el fin de semana juntos?

—Eso no deberías ni contármelo.

—Mamá.

—¿Sí?

—¿Cuántos años tienes en verdad, mamá?

—¿Para qué quieres saberlo?

—¿Antes de mi padre? ¿No tuviste algún otro novio? ¿Algún amor prohibido?

La alcahuetita se sabía toda mi vida.

—Mamá, Kent Buys no es Jack El Destripador. Ni el Chupacabras. Ni mucho menos un violador de viejitas.

Por supuesto que no le hice caso. Apenas llegado, Kent me llamó y me hizo saber que se había sentido muy triste por no haberme encontrado en el aeropuerto del Dorado, pero me invitaba a viajar allá y a permanecer juntos una semana en un hotel mientras llegaba nuestra amiga la Duquesa. Creo que ya sabes a quién me refiero cuando hablo de la Duquesa. Se llama Joyce, y no es ninguna duquesa, pero lo parece. Lo parecía por lo menos.

—¡Cómo te imaginas, Kent!

—¿Cómo me imagino qué?

—No querrás que la mujer con la que vas a permanecer el resto de tu vida se quede en un hotel con un hombre que todavía no es su esposo.

—Pero va a serlo en 15 días...

Preferí que él se quedara en Bogotá a esperar a Joyce, a la famosa duquesa... y desde entonces lo estoy esperando.

La Duquesa llegó cuando tenía que llegar y ambos viajaron juntos a Cartagena de Indias antes de venir a Santa Marta. El problema es que algo les ocurrió en Cartagena. Algo que no alcanzo a comprender. Por más que llamé al hotel donde iban a hospedarse, nunca me dieron ni con ella ni con él. Un día, el administrador me contestó muy enojado y me ordenó que no siguiera llamando porque los esposos habían salido de viaje.

—¿Los esposos?

—Los esposos de la 306.

—No son esposos.

—Bueno, algo han de ser..., pues dormían en el mismo cuarto. Ya salieron de viaje. Y si usted dice que los esperan en Santa Marta, deben estar en camino.

¿En camino durante varios días? ¿Les había ocurrido algo en la carretera? Llamé a la Policía para preguntar si había habido algún accidente, y un policía simpático me respondió que todos los carros, los trenes, los buques y los aviones de Colombia estaban en buen estado y que no me preocupara tanto.

Al día siguiente llamé de nuevo a un número que supuse de la Policía para preguntar si había habido algún accidente cerca de Santa Marta, y un gracioso me contestó cantando:

«Santa Marta, Santa Marta tiene tren,

Santa Marta tiene tren,

pero no tiene tranvía.

Si no fuera por la zona, caramba,

Santa Marta moriría,

ay, ombe'».

Le respondí que iba a presentar una queja contra la Policía por ese trato de burla, y el tipo siguió cantando:

«Mi mujer, mi mujer

se volvió loca,

mi mujer se volvió loca,

que le parece, compadre.

Se la voy a devolver

a la madre

que me la cambie por otra, ay, ombe'».

Recién en ese momento, me di cuenta de que estaba llamando a un número equivocado, y tú ya sabes cómo es la gente de aquí para hacer bromas...

La víspera de lo que iba a ser nuestra boda Kent tuvo por fin la entereza de llamarme. Fue franco. Me dijo que ya no había boda. Me contó que había decidido renunciar a la felicidad que nos esperaba. Me explicó que durante todo el tiempo que yo había retrasado el acontecimiento, él había experimentado algunas dudas. No sé por qué no le corté cuando hablaba. Tal vez tenía la esperanza de que todo fuera una broma... o un mal sueño.

—Lo pensé mucho, Raquelita. Lo pensé. Y me di cuenta de que no éramos el uno para el otro. En Bogotá, al no encontrarte en el aeropuerto, me vino una crisis de fe. ¿Debo invadir el mundo virginal y prístino de Raquel?, me preguntaba. No, no, de ninguna manera.

—¿Estás bromeando? Ya todo está listo. Dime que estás bromeando.

Él seguía como si no me escuchara.

-Me pregunté: ¿La amo? Claro que la amo. Eso está descontado, pero tal vez soy un hombre de otro tiempo para ella y lo que a mí me parece de lo más natural es insultante e innoble para ella. La verdad es que yo había pensado que adelantaríamos nuestra luna de miel luego de tanto tiempo de amarnos en la distancia, pero eso te pareció pecaminoso.

—

—Dime que esto es una pesadilla...

—¿La amo?, me pregunté mil veces, y siempre me respondí que sí, que te amaba, pero que, pensando los dos de manera tan distinta, nuestra vida en común iba a ser desdichada.

Ya no tenía fuerzas para colgarle el teléfono. Lo dejé seguir mientras me preguntaba qué hacer al día siguiente frente al escándalo.

—Por amor propio, había omitido revelarte que en verdad médico, medico, no soy. La gente me llama doctor porque mis trabajos de terapia física ayudan a muchos a recuperarse de los dolores de artrosis, espondiloartrosis, poliartritis crónica, espondilitis anquilosante, ataque agudo de gota y reumatismo extraarticular, entre otros. Soy... una especie de masajista... Además receto unas plantillas que, puestas bajo el zapato, te quitan todos los dolores, incluso los males del espíritu.

Pensé que estaba a punto de ofrecerme plantillas a buen precio.

—Nunca trabajé ad honórem. En el gimnasio de Key Biscayne, me daban buenas propinas, y eso me ayudaba a compensar mi pensión de retiro que, en realidad, es muy pobre.

Seguí escuchándolo.

—Me acuerdo de una de las veces en que hablé contigo durante estos últimos tiempos. Me describías los arreglos que estabas haciendo en tu casa para celebrar allí nuestra boda y me confesabas que te estabas gastando allí los ahorros de toda tu vida. Al principio, me pareció una exageración pero luego me diste tantos detalles que terminé por enterarme de que tu situación económica no era lo que yo imaginaba. Te había creído una mujer con una cuantiosa herencia familiar, una mujer con quien pasar los años de la madurez de forma romántica en un rincón mágico de América Latina. Pero no era así, no era así...

—Y eso, Kent, ¿de qué forma cambió tus decisiones?

—Me di cuenta de que venir a vivir contigo en Santa Marta no era justo para ti. Pensaba que tu fortuna familiar nos iba a alcanzar y sobrar para vivir y gozar junto al Caribe sin preocuparnos del futuro, pero no era así, no era así. Para ti, yo iba a resultar una carga.

—¿Me estás hablando en serio?

—Cuando llegó Joyce, la Duquesa como tú la llamas, le pedí consejo. Llorando le conté que tal vez me encontraba en el momento más grave de mi vida y que necesitaba de toda su comprensión espiritual.

—¿Entonces? ¿La Duquesa?

—No, no lo pienses ni un instante. Ella había venido a Colombia para participar en la boda de nosotros, a quienes ya consideraba como sus más queridos amigos. ¿No crees que esto se pueda arreglar?, me preguntó. Le respondí que no y que sentía mucho dolor por haberte causado tanto daño.

—No sigas, Kent. Termina pronto esa broma malvada.

—No te preocupes, Kent, me respondió ella. Ven aquí, pon tu cabeza en mi hombro, y yo te escucharé aunque no hables.

Obedecí, y creo que no hablé durante por lo menos una hora. Lo único que ella hacía era acariciarme el pelo como si yo fuera un niño. No sé si me dijo algo. Lo cierto es que me liberó del sentimiento de culpa. Una hora más tarde, yo tenía mi cabeza sobre su pecho y había cesado de llorar.

La conclusión, Raquel querida, es que la Duquesa y yo nos vamos a casar. No van a existir problemas económicos porque ella es accionista de uno de los viñedos más ricos de California. Su ex marido tuvo que pagar duro por el divorcio.

Cuando Kent Buys terminó de hablar, creo que yo ya no estaba allí. Mis pensamientos me llevaban a muchos otros lugares. Me preguntaba cómo iba a explicarles todo esto a mis amigas y cómo hacérselo saber a mi propia hija, la Antonieta.

Un aviso en el periódico fue suficiente para cancelar las invitaciones ya cursadas. Por mi parte, me ausenté de Santa Marta por varios meses, pero la frustración me duró mucho tiempo. Me acuerdo que en una ocasión en Bogotá me presentaron a una famosa bruja peruana, doña Elsita Vicuña, y ella me aconsejó que me encomendara a la santa de mi pueblo, Santa Marta. No hay nada imposible para ella, y como ella dice:

«Jesucristo le dijo a Lázaro, levántate, levántate y Lázaro le contestó... Santa Marta, Santa Marta tiene tren, Santa Marta tiene tren, pero no tiene tranvía...».

Raquel

XXVII
El alemán vegetariano

Asunto: El alemán vegetariano

De: Rosana

Para: Carmelita

Querida Carmelita:

¡Pobre Raquel! Ya te habrán contado lo del gringo que la abandonó cuando tenía ella todo preparado para la boda. Si todavía no lo sabes, pásame la voz y te lo contaré con pelos y señales.

El consuelo que tengo, Carmelita, es que no solo nosotras, sino que también que algunos hombres sufren decepciones. Te habrás enterado de la historia del alemán que llegó a Lima en busca de la mujer de su vida. Me preguntarás qué pasó. Y te responderé que le pasó la misma historia, el *e-mail*, el *chat*, la comunicación semanal que se convierte en diaria y, por fin, llega hora tras hora. Por último, la cita intercontinental, o sea, hija, Hans toma un Lufthansa en Hamburgo y amanece al día siguiente en la capital del Perú.

Te escribo desde Lima porque, como tú sabes, a mi esposo lo ha mandado su compañía y vamos a permanecer aquí un semestre. En cierta forma, he sido testigo presencial de los hechos.

Nada más al llegar, la encontró en el aeropuerto y quedó rendido ante la evidencia de que ella era más bella aún de como la había visto en la pantalla de la computadora. Era de veras la mujer de sus sueños. Sin embargo, algo parece que falló. Me da la impresión de que, para ella, el gringo no era el hombre que había visto en sus sueños.

Fueron a tomar una bebida en una cafetería del aeropuerto y se quedaron allí un buen rato esperando una maleta que no había llegado. Como se tardaba la maleta, quedaron en cenar en un buen restaurante. Allí conversaron de todo, y parecía que en todo congeniaban. De pronto, ella le dijo que iba a salir un ratito al lavabo para arreglarse, pero no volvió jamás.

El hombre no quiso salir del aeropuerto, y cuando su maleta llegó, se quedó todo el día en los corredores porque estaba seguro de que ella había sufrido alguna pequeña confusión, pero también de que pronto regresaría. Por fin, tomó un hotel cercano y, cuando se corrió la voz de su historia, aprovechó de la mayor cadena de radio-televisión del país para lanzar un llamado a la mujer amada.

—*Ich liebe Sie. Ich liebe Sie, Rosita!* —se desgañitaba frente a la pantalla. A su lado, el periodista, un señor gordo de barbas, explicaba al público la historia de Hans, y le rogaba a Rosita que reconsiderara su decisión.

Dos semanas permaneció Hans en el hotel. Fue eso lo único que vio del Perú. Miento, te estoy mintiendo, Carmela. El gringo vio también la clínica de un dentista y el consultorio de un urólogo famoso. A los periodistas que lo entrevistaron cuando ya estaba de salida, les declaró que su viaje había tenido dos objetivos, uno de ellos era encontrarse con la ingrata. El otro era curarse de una caries y hacer que le instalaran dos coronas y un puente en la dentadura porque estaba enterado de que los odontólogos en América Latina eran excelentes y cobraban mucho menos que los de su país. Además, había logrado ser atendido por el doctor Daniel Canchucaja, una celebridad de la urología.

Unos días después, apareció su foto en un periódico vespertino con una leyenda que decía:

«Le dieron calabazas, pero...

'Salí ganando', afirma el turista».

En el texto se explicaba que el viaje y la permanencia en el hotel le habían costado menos que atenderse en una clínica dental alemana.

Sin embargo, la cadena de radio hizo un excelente periodismo de investigación y ubicó a la peruana ingrata.

Otra vez, el simpático y barbado periodista, cuyo nombre era Raúl Vargas, explicó, a los que no sabían, el comienzo de la historia.

—Y ahora que ya se fue Hans, ¿podrías contarnos, Rosita, por qué le diste calabazas? ¿Te pareció muy feo? ¿Te dijo algo que no te gustó?

—¡Oh, no! De ninguna forma. Hans es guapo y muy bien educado.

—¿Entonces?

-Entonces, entonces... Bueno, te lo contaré. Cuando nos trajeron el menú, decidí pedir un *bistec sirloin* adobado con pimienta negra entera y una brocheta de camarones jumbo.

—

—Un pedido excelente —acotó Raúl Vargas, quien además de periodista era un experto en la buena comida. Añadió—: Eso sí. A la brocheta hay que probarla aderezada levemente con una salsa cremosa con ajo. El plato hay que servirlo sobre puré de papas al estilo casero.

Siguieron hablando de comida, y ambos convinieron en que la cocina peruana era una de las mejores del mundo. Pude notar que Rosita estaba algo subidita de peso.

—Un momento, un momento, Rosita, parece que hemos cambiado de tema. ¿Puedes explicarnos por qué te escapaste de Hans?

—¿Hans? ¡Ah, claro! Te lo diré, Raúl. Disculpa.

—Es normal que hagas digresiones, querida Rosita. Cuando se habla de un buen *sirloin*, pues a cualquiera se le hace agua la boca.

—Bueno, el caso es que después de decidir cuál sería mi pedido, le aconsejé a Hans que pidiera un pollo glaseado con miel de algarrobina. Como tú sabes, se cocina la pechuga del pollo a la parrilla y luego se le añade miel de algarrobina y cereza, todo sobre una cama de arroz *pilaf*.

—Hmm... Esa receta no la conocía.

Mientras Rosita hablaba, movía las manos como si estuviera cocinando. Me pareció que todo era gordo en ella, incluso sus dedos.

—Hans se quedó callado y yo pensé que no le gustaba el pollo. Entonces, le aconsejé un *bistec New York Strip* de corte central ligeramente sazonado y asado a la parrilla. Por supuesto, hay que hacerlo sobre leña. De otra forma, no te queda bien.

Vargas acotó:

—Siempre y cuando hayas preparado un aliño con el ajo machacado, aceite, vinagre, orégano, sal y pimienta.

Rosita sacó papel y lápiz para apuntar. Raúl Vargas aconsejó:

—Hay que poner el bisté sobre la parrilla una vez que las brasas estén bien prendidas, y después rociar periódicamente con el aliño para que no se reseque. Para untar la carne durante la cocción, yo recomendaría laurel. Es muy aromático.

Desde la sala de control, el editor de Vargas le hizo ver que se estaba pasando del tiempo establecido golpeando sobre su reloj pulsera.

—Abelardo Domínguez me está diciendo que se nos pasa la hora. Cuéntanos, Rosita, ¿qué pidió el alemán?

—Hans me respondió que no podía comer ni lo uno ni lo otro porque era vegetariano...

—¿Entonces?

—Le dije que me iba al lavabo y no volví más porque me pareció que Hans olía permanentemente a lechugas.

—Vamos a ir a un corte comercial —ordenó Raúl Vargas.

Cambiando de tema, Carmelita, creo que he metido la pata cuando te he contado lo que le ocurrió a Raquel. En todo caso, cuando chatees con ella, pregúntale por su adonis. Anda, pregúntale como quien no quiere la cosa.

¿Consejos? No gastes mucho dinero. Aunque él sea rico, se sentirá feliz de estar casado con una mujer que lo quiere por lo que es y no por sus dólares.

Besos y recuerdos de Rosana.

XXVIII

No seas loca, mamá

Asunto: No seas loca, mamá

De: Alfredito

Para: Carmelita

Querida mamá:

¿Te has vuelto loca mamá?

Me dices que quieres regresar y que no sabes exactamente cómo hacerlo. No entiendo nada. Tal vez no te he seguido. Tal vez he perdido algo.

Aunque nuestra comunicación ha sido breve, a través de pequeños *e-mails*, siempre pensé que te encontrabas feliz, o al menos siempre nos diste esa impresión. Cuando mi hermano Tito viajó a Europa a quedarse allá, nos extrañó que no le enviaras unos cuantos dólares para sus primeros meses, pero todo lo dejamos pasar.

Ahora, dices que piensas regresarte. ¿Regresarte? ¿Querrás decir que piensas venir de visita junto con Chuck Williams? Esa sería una gran idea. Sería ocasión para conocerlo, para conversar con él, para saber acerca de sus negocios e incluso para plantearle la posibilidad de viajar también a Estados Unidos y de establecerme como asociado en alguna de sus empresas. Aunque no lo conozco, lo admiro. Entiendo que es todo un caballero. Te sacó de la nada. Te llevó a Estados Unidos en un momento importante de tu vida.

Aunque en un comienzo no entendí por qué dejabas a papá, él mismo se encargó de hablar con nosotros y nos explicó que había sido él quien había fallado en la relación contigo y que si viajabas, lo hacías para conseguir algo mejor y que tu prosperidad económica nos alcanzaría a todos, incluyéndolo a él mismo.

Ahora me dices que piensas venir, y das a entender que vienes sola, y que te vuelves en definitiva. No dices cuántos días te quedarías aquí ni cuándo volverías a San Francisco.

¿Por qué?

¿Por qué?

¿Por qué?

¿Por qué, mamá?... No entiendo por qué haces estas locuras, querida mamá. El hombre al lado de quien estás viviendo es un hombre noble cuya vida no debes destruir. Si tiene algunos problemas físicos, es porque luchó por su patria. Sin embargo, esos problemas físicos no fueron inconvenientes para que formara una empresa e hiciera una gran fortuna.

No fuiste tú quien nos informó acerca de las riquezas de Chuck Williams. A pesar de que lo buscamos en internet, no lo encontramos, pero tus amigas comenzaron a averiguar y se enteraron de todo. Fueron ellas las que corrieron la voz de que te habías encontrado con un gringo rico. Yo no lo llamaría un gringo rico, yo lo llamaría un hombre bueno. Gracias a él estás viviendo en Estados Unidos, gracias a él estás viviendo en una tierra de oportunidades infinitas. Gracias a él estás viviendo en los sueños de América.

Tú tendrás tus razones. ¿Otro hombre quizá? ¿A tus años?...

No quiero decirte lo que pensaría si esa fuera la razón. Sin embargo, es mejor que sepas algo: si tú regresas, no habrá nadie a recibirte.

Por mi parte, como tú sabes, me he casado y mi mujer y yo difícilmente vivimos en un cuarto alquilado que no alcanzaría para tenerte allí. Te lo repito, de mi parte ni sueñes encontrar ningún amparo. Con las justas, mantengo mi hogar. Mi mujer se enfurecería si sabe que te estoy enviando dinero para el pasaje de regreso como me lo pides.

En cuanto a mi padre, probablemente, él ya te ha perdonado, pero nunca pudo resarcirse del dolor que tú le causaste. Además, tú más que nadie conoces su situación económica. Ha tenido que salir de la casa donde ustedes vivían para no tener que pagar los alquileres y actualmente vive en el ático de la casa de un amigo suyo. Además, ¿le has mandado algún dinero desde Estados Unidos?... Todos te imaginamos haciendo una gira por el país. Sabemos bien que la hiciste. Todo se sabe. ¿Acaso le mandaste a él o a nosotros un giro cuando comprabas zapatos en la Quinta Avenida de Nueva York o cuando tirabas el dinero en los casinos de Nevada?

Nada dijo mi padre. Su situación económica lo obligó a dejar el trago en definitiva y a pasarse la vida mirando el techo, con la misma ropa de siempre, en el ático donde vive, o más bien sobrevive. ¿Se te ha ocurrido mandarle dinero siquiera para que se compre una ropa decente o para que compre unos cigarrillos?... Recuerda que todavía estás a tiempo de hacerlo.

Es más, ¿acaso mi padre se ha conseguido otra mujer? ¿Alguna gringa con dinero a quien haya conocido en el *chat*? ¿Alguna de esas sirenas que abundan en los ambientes de la televisión? ¿Alguna mujer decente que quiera unir su vida a la de un artista incomprendido? No, definitivamente no.

Definitivamente, no. Te lo repito. No ha buscado otra mujer no porque no pudiera, sino por respeto a ti (que no lo mereces) y a sus propios hijos.

Alguna vez, se ha permitido hacer algunas bromitas en internet, no lo niego. Ya sabrás que sacó una página web dedicada a relatar la historia de ustedes, pero debes entenderlo. Es un hombre que ha sufrido mucho.

Permíteme que repita: Flash Ventura es un hombre que ha sufrido mucho y que, ahora, soporta su destino de una forma admirable con la frente en alto e incluso el apodo que le han puesto: Cornudo Cibernético.

Mamá, mamá, mamá. ¡Recapacita!

¡Recapacita!

¡Recapacita, mamá! No destruyas a otro hombre noble. Si lo que ocurre es lo que mi mujer y yo pensamos, o sea, te has fijado en otro gringo y quieres irte con él, ¡qué podemos hacer!... Estamos muy lejos para darte consejos, pero fíjate bien en él, ¿quién es?, ¿qué te ofrece?, ¿cuánto tiene para darte?

En el peor de los casos, si estás completamente decidida a abandonar el hogar que Chuck Williams te ofreció, habla claro con él. No salgas en la madrugada con una maletita como una ladrona. Habla claro... y dile la verdad. Él es, además de noble, un hombre de negocios, y es capaz de darte una indemnización económica aunque sea solo para impedir que se sepa que introdujo en Estados Unidos a una extranjera ilegal.

Mamá.

Mamá.

Mamá queridísima.

Es extraño que los hijos les den consejos a sus padres, pero a veces es necesario hacerlo. Reflexiona antes de dar un paso que puede ser el más desdichado de tu vida. No des un paso en falso.

Recuerda que no hay nadie aquí esperándote. No sé dónde piensas vivir si piensas vivir de nuevo en nuestro país. Tampoco habrá dinero para ti de mi parte, si es eso lo que deseas saber. Te lo digo al lado de la Nenita, mi esposa legítima, que está aquí a mi lado mientras te escribo para que ella también lo sepa. Ten eso bien claro, por favor.

Si es la nostalgia la que te ha invadido, confíate en Chuck. Él es un hombre bueno. A lo mejor te llevará a pasear por algunos países de Europa y entonces eso te cambiará, te aliviará de las penas del espíritu. Además, puedes pedirle que te aumente el monto de dinero que debes tener mensualmente a tu disposición.

Te lo repito. Te amamos, madre. Te lo digo en nombre de mi esposa, quien también se encuentra muy orgullosa de tener una suegra como tú.

Supongo que el *e-mail* que me envías y que motiva mi respuesta ha sido escrito en un rato de nostalgia. Es comprensible. En cuanto reflexiones, te vas a reír de las tonterías que escribiste. Por favor hazle llegar mis saludos a Chuck Williams y dile que en algún momento me gustaría hablar con él de negocios.

Se despide de ti tu hijo.
Alfredito

Posdata:
La Nenita me pide agregar unas palabras de su parte:

«¡Ay, suegrita querida! Te ruego que no cometas errores. Siempre que hablo de ti con mis amigas, les digo que eres una triunfadora. Has logrado lo que pocas mujeres han alcanzado en su vida, encontrar un hombre que al mismo tiempo es rico y poderoso y que por otro lado tiene un alma noble y muy humana. Me dice Alfredito que estás muy nerviosa y que se te ha ocurrido pensar en abandonar al amor de tu vida. ¡Estás loca, suegrita querida! De mujer a mujer, te digo que cometerías un error imperdonable. No seas egoísta, acuérdate de que existimos nosotros, tu familia, los que te queremos, y que cualquier día podrías pedir que nos dieran una visa de entrada a ese país, o una *greencard* como la llaman, por el motivo de 'reunificación familiar'. Me han contado que así consiguió su visa una pareja de amigos nuestros. De mujer a mujer, te pregunto: ¿Qué pasa? ¿Estás celosa?... A lo mejor, don Chuck ha salido alguna noche con una gringuita de esas. ¡Perdónalo! Es humano. Con esas gringotas que aparecen en el cine, es normal que lo haga. Además, él es un hombre maduro, rico, buenmozo. Pero ¿qué te importa? Tú eres la principal, la legítima. Apuesto que después de su aventurita, volvió a la casa como un perrito con la colita entre las piernas. ¿Fue así?... ¿No te das cuenta de que te entiendo porque también soy una mujer como tú. Cada vez que ocurra algo así, perdónalo, pero exígele más discreción y una compensación adecuada. Que te lleve de viaje a un buen sitio. Que te dé una buena cantidad de dólares para que dispongas de ellos. Me dice Alfredito que le has dicho que piensas venir a Bogotá. Si es así, que sea con el gringo, y además me avisas con tiempo para hacerte una reserva en un buen hotel. Y ahora que ya has leído nuestro *e-mail*, suegrita querida, anda a ver a tu cónyuge y dale un beso y también nuestros saludos. Te ruego, además, suegrita adorada, que no te olvides de nosotros. Nada te cuesta ir un ratito a la Western Union de tu barrio y hacernos un giro. Alfredito y yo la estamos pasando duras con esto de la crisis económica. Además, queremos que pronto seas una abuelita adorable. Recibe todos los besos del mundo».

Tres días más tarde, cuando quiso prender la computadora, no encontró línea de internet. Chuck le explicó que se habían sobrepasado en sus gastos y, por ello, había preferido cancelar esa cuenta. Ella no dijo nada.

—Pero podrás escribir textos y jugar solitario.

—Prefiero leer.

—Te he dicho que prendas la pantalla y juegues alguna partida de solitario.

Obedeció.

La pantalla estaba azul, pero Carmela no se dirigió a ninguno de los íconos que invitaban al juego. La dejó así, y el azul comenzó a escaparse de la pantalla y a invadir su cuarto y su vida.

Unas horas más tarde, cuando Chuck se retiró a su habitación, Carmela apagó una por una todas las luces de la casa. Cuando terminó de hacerlo, escuchó el aleteo de algunos pájaros oscuros casi invisibles cuyo gorjeo negro invadía el mundo.

XXIX

Muerte de la madre

Estaba lloviendo. Las gotas caían verticales. La luna corría muy pequeña por entre las nubes. No parecía haber un solo viento en el universo. Nadie que hablara o murmurara. Nadie que se moviera bajo el cielo. No parecía haber más gente que ellos dos.

Carmela se alentaba a continuar viviendo con el recuerdo de los seres que había dejado en Colombia. En las últimas noches, el rostro de su madre era el más insistente. Saberla viva y en su natal Santa Marta la hacía sentirse bien. Le apenaba, eso sí, no poder enviarle algún dinero.

La perseguía el recuerdo doloroso de los días en que le anunció su partida a Estados Unidos. Lo hizo por teléfono.

—Madre, tengo algo que decirte.

—Lo sé, Carmela.

—¿Lo sabes sin que te lo haya dicho?

—Tú sabes que lo sé.

—¿Y lo apruebas?

—¡Todo lo que tú hagas, Carmelita! Todo lo que hagas, lo comprendo y apruebo.

—¿Tú supiste todo lo que ocurrió con Flash?

—¡Cómo no saberlo!

—¿Entendiste, entonces, por qué me separaba de él?

—Lo que no entendí durante años fue por qué te casaste con él.

—Pero ahora me separo.

—Lo que no entiendo es por qué no lo hiciste antes.

—He hablado con Chuck a través del *chat*, y él quiere conocerte. Está loco por conocerte.

—Ya habrá tiempo, hija.

—Eso es lo que él me ha dicho. Me ha dicho que no tendría ningún inconveniente en que dentro de algún tiempo fueras a vivir con nosotros.

—Ya habrá tiempo.

—Me dijo que tal vez sea necesario que a comienzos vivamos solos. Luego vendremos a llevarte.

—Está bien, hija.

—Me ha dicho Chuck que, incluso si tú lo deseas, podrías viajar conmigo.

—¿Te ha dicho eso?

Carmela se quedó callada.

—Te he enseñado a no decir mentiritas.

Carmela le aseguró que volvería por ella.

—No podría vivir sin ti.

—Te he enseñado a vivir sola, hija. No debes decir eso ni de mí que soy tu madre ni de nadie. De nadie, ¿entiendes?

—Lo entiendo.

—Te enviaré algún dinero apenas pueda.

—Tranquila, hija, Ya vendrá el momento.

—Sin que yo se lo pidiera, Chuck me lo ha ofrecido. Me ha repetido que te enviaremos dinero periódicamente.

—Es mejor que prepares tus cosas, hijita.

Ahora, cada vez que le llegaba el recuerdo de su madre, el cielo se poblaba de pájaros azules y estos a su vez se posaban sobre los cables de la luz y se quedaban allí, callados, muy callados hasta desaparecer.

Una noche, ella estaba dormida. Extrañamente en su sueño no había visto el rostro de su madre. La puerta de su dormitorio estaba abierta y detrás de ella entraba la luz de la sala. Despertó y pensó en ir a apagarla, pero allí, en el umbral, se estaba dibujando la figura de un hombre. No se movía ni intentaba hablar con ella.

—¿Chuck?

El hombre no respondía.

—¿Chuck? —insistió.

—¿Esperabas a otra persona?

—Eres tú, Chuck.

—¡Quién otro iba a ser!

—Chuck, ¿qué haces levantado?

El hombre le mostró las palmas de sus manos.

—¡Nada!

Un largo silencio comenzó en el umbral y se extendió por toda la casa. Chuck tomó una linterna eléctrica que estaba siempre sobre una repisa. La prendió y comenzó a explorar diversos puntos en el dormitorio a oscuras. Después, dirigió el haz de luz contra el rostro de Carmela.

Todo estaba tan silencioso que ella podía escucharlo respirar. Se dio cuenta de que el hombre tenía una noticia para ella. No era buena.

Trató de verle el rostro, pero la enceguecía la luz. Solo veía su bulto en la puerta.

La noche había despejado el mundo de pájaros y de voces. Un murmullo de chicharras venía desde el bosque. Las chicharras traen el sonido de la vida, pero también el de la soledad. Carmela de repente entendió cuál era la noticia.

—¿Mi madre? —preguntó.

—Sí.

Quiso más precisiones.

—¿Mi madre? ¿Qué ha pasado con mi madre?

—Está muerta.

De un momento a otro había caído la oscuridad sobre el planeta. Carmela supo que en esos momentos no había día en ningún otro lado de la Tierra. Se le ocurrió pensar que el sol se había ausentado. Creyó que el aire se ausentaría también. Alguna vez había pensado que a la muerte de su madre no tendría ella aire suficiente para vivir.

En el umbral de la puerta, Chuck seguía dándole explicaciones sobre cómo se había enterado del acontecimiento.

—La sorpresa que quería darte es que ya tenemos servicio de Internet en la computadora. Me ofrecieron una buena oferta y la he aceptado.

-¿Cómo fue? ¿Cómo te has enterado?

-Fue en la mañana. Mientras tú estabas trabajando en el jardín, yo estaba leyendo en la computadora. Alguien te hizo una seña para el *chat*. Era tu prima Margarita Durán. Ella te llamaba con insistencia. Contesté yo.

Carmela no quiso preguntarle por qué había contestado él a un mensaje que estaba reservado para ella.

—La saludé. Ella pensó que eras tú quien estaba en el otro lado de la línea. Me comenzó diciendo que tu madre se había puesto mal. Le pedí que me dijera qué era lo que había pasado. Por fin, se animó a decirme que tu madre estaba muerta. La habían encontrado muerta en su cama. Eran aquí las siete de la mañana, o sea, las diez en Colombia.

Chuck no se lo había comunicado para no preocuparla mientras estaba trabajando en el jardín. Carmela no podía creerlo. Abría la boca para hablar, pero no podía emitir palabras.

Chuck continuaba explicándole de que, como la muerte es un suceso irremisible, no creyó conveniente comunicárselo durante toda la mañana ni aun por la tarde. Cuando ella se fue a dormir, prefirió que tampoco lo supiera. Ahora, cuando ya estaba alta la noche, había venido para comunicárselo.

Ella se levantó, cruzó la habitación, pasó por el lado de él, abrió la puerta de la casa que daba al jardín y desapareció por ella.

Chuck comenzó a llamarla desde el interior de la casa. No obtuvo respuesta.

El llanto de Carmela era silencioso. Nadie podría haberse enterado de lo que le estaba sucediendo. Sentada sobre la única silla del patio trasero, bajaba los ojos y lloraba. Sentía que estaba allí, pero no estaba. Su cuerpo estaba allí sobre la silla, pero su alma no se encontraba en rincón alguno del universo.

No advirtió la delgada capa de lluvia que comenzó entonces a caer. Permaneció así algunas horas. No volvió a su dormitorio.

A las seis de la mañana, Chuck se acercó a la puerta del jardín y la encontró allí.

—¿No volviste a tu dormitorio? ¡No volviste a tu dormitorio!

Ella no contestó.

—¿Te quedaste aquí toda la noche?

Tampoco hubo respuesta.

—¿Despierta?

Ella levantó los ojos para mirarlo.

—Bien sabes que la muerte es irremisible. El llanto, el dolor, nada de eso tiene sentido.

Hablaba solo.

—¡Has hecho una tontería!

Continuó el monólogo:

—Permanecer aquí a la intemperie puede haberte hecho daño. Es posible que en estos momentos ni siquiera estés dispuesta para trabajar. Y tú sabes que esta es la hora de hacerlo, ¿no?

El hombre continuó hablando sobre la naturaleza de la muerte.

Carmela se levantó de la silla donde había pasado la noche, buscó la pala y comenzó a abrir un agujero en el jardín. Había algunos tulipanes que sembrar. Además era necesario eliminar la hierba mala que parecía estar apoderándose del terreno.

—¿Te preocupa tanto?

Chuck parecía estar dispuesto a continuar con el sermón de la noche anterior.

Ella se dio cuenta de que la hierba mala se encontraba en el otro lado del jardín, y hacia ese lado avanzó. Sin embargo, la voz de Chuck la persiguió.

—Mira, Carmela, piensa en la vida. Quien te la dio, te la va a quitar. Así ocurrirá con todos los seres del planeta. No es preciso lamentarse. Tal vez haya que sentirse bien cada vez que estas cosas ocurren, porque ellas nos recuerdan lo que de todas maneras va a suceder. Es inevitable.

Ella miraba tan solo la tarea que iba haciendo. La voz de Chuck se hacía más persistente.

—Este es un mundo oscuro. Quienes vivimos en él no advertimos lo oscuro que es porque estamos ciegos. Cada vez que es necesario, viene la muerte a recordarnos que estamos ciegos.

El sermón se interrumpió un momento cuando él se fue a desayunar. Media hora después prosiguió. Quizá ella ya había terminado la tarea, pero no quería volver al interior de la casa y fingía que había otras plantas necesitadas de su apoyo. Podía escuchar la voz de Chuck, pero prefería no hacerlo. Ya no tenía oído para él. Un momento, lo miró y vio que el hombre movía los brazos y gesticulaba. En otro momento levantó él los brazos con las palmas extendidas hacia el cielo. No había nadie que le prestara oído.

Carmela tan solo escuchaba la frase repetida de que su madre había fallecido la mañana anterior en Colombia. Eso significaba que el mundo se había despoblado. Ella tenía el rostro cubierto por el sudor. Quizá no era sudor. Por en medio de las lágrimas quiso recordar el rostro de su madre. Y lo vio.

La vida comenzó a repetirse esa mañana. Un pájaro azul se posó sobre una rama y comenzó a cantar. En Estados Unidos, esas aves se llaman *blue jay*.

XXX

Habla con Dios

Muy temprano, en la mañana, salió Carmela a caminar por el bosque que se extendía varios kilómetros hacia el noroeste de la casa. De vuelta, se quedó en el traspatio por un momento. En vista de que había adelantado las tareas, no era necesario para ella entrar de inmediato.

Como en otras ocasiones, tomó una silla y se sentó frente al arce. Le fascinaba observar cómo las hojas de ese árbol cambiaban cada día de color. Cuando tenía tiempo, como le ocurría en ese momento, podía pasarse una hora sentada y mirándolo. Entrar en la casa y encontrarse con el rostro inquisitivo de su compañero la atormentaba.

Había visto en internet que el arce se llama *maple*, en inglés, y que produce una miel deliciosa. Estaba enterada también de que el nombre del árbol en latín era *Acer platinoides*, pero ese día las hojas no eran del color de la plata sino del oro. Alternativamente, miraba el vegetal y se miraba. Sus piernas habían dejado de temblar.

De pronto, se sintió observada. Tornó la cabeza y miró hacia la puerta de la casa, y lo vio. Allí estaba él. El hombre surgió del suelo y se dibujó claramente frente a ella.

—Tengo otra noticia.

—¿Otra?

El hombre respondió:

—¡Otra noticia!... Esta vez fue el gato. Me pareció que estaba muy viejo. Le puse una inyección y lo hice dormir.

En vista de que Carmela parecía no haber entendido, Chuck comenzó a describir minuciosamente el acto que acababa de practicar.

—Tardó menos de una hora y todo se hizo mientras tú paseabas. Le até las patas y lo preparé. Absorbí el líquido en la hipodérmica. ¿Ves esos envases?... Allí, dentro de la habitación de herramientas. Allí se guarda el veneno para las mascotas...

—¿Que lo hiciste dormir, dices?

Carmela todavía no entendía. El dueño de casa siguió dándole detalles.

—Le apliqué el contenido de un envase en la pata izquierda, pero no dio completo resultado. El animal se estremecía sin maullar. Entonces, le apliqué otro sobre el lomo, más o menos a la altura del hombro izquierdo cerca del corazón. ¡Esa aplicación fue decisiva!

—¿Dormir? ¿Morir?

—Lo hice dormir. Era necesario porque estaba ya muy viejo. Eso te probará que la vida va y viene, y que la muerte nos alcanza a todos los seres.

Chuck agregó:

—Ahora tendrás que hacer un buen hoyo para enterrarlo.

Por toda respuesta, Carmela volvió el rostro y se alejó. Se fue caminando por los jardines inmensos y deshabitados del lugar donde vivían. No había allí seres humanos. Había un camino de estatuas que duraba alrededor de un kilómetro. Siempre se había preguntado quiénes habían sido, pero no había forma de averiguarlo.

Caminó por en medio de las estatuas y le pareció, que, como ellas, todos los hombres del mundo se habían quedado inmóviles desde la mañana anterior a las ocho, muy temprano, a la hora en que muriera su madre en Colombia.

Avanzó hacia la pequeña iglesia donde había conocido a una monjita. Para llegar allí, había que atravesar un arroyo. Esta vez tuvo que dar un largo rodeo porque el puente más cercano había cedido ante una reciente inundación ocasionada por las lluvias del invierno.

Eran aguas límpidas, transparentes. Podían verse las piedras del fondo con dibujos e imágenes sobre que habían sido ocasionados por la erosión sobre sus superficies. Había una roca inmensa con multitud de líneas horizontales de todos los colores. Le pareció que la historia de la creación del mundo estaba escrita allí.

Una familia de truchas retozaba. Sus miembros avanzaban en severa procesión de una orilla a otra. Se sumergían juntos y daban saltos sincronizados. Parecían haberse puesto de acuerdo en silencio.

La parroquia estaba cerrada. Sin embargo, la puerta de la iglesia estaba entreabierta. Por ella se encaminó Carmela. Allí vivía quizá el único ser que existía de verdad en todo el universo. Aquel estaba en todas partes a la vez y, sin embargo, el día anterior había andado un poco distraído.

Carmela exploró con los ojos la nave del templo, y no vio a nadie. A esa hora por lo general el sacerdote estaba ausente, y solo llegaba a las cinco de la tarde para hacer una misa. En las otras horas era la monjita auxiliar quien atendía las necesidades de los parroquianos. Tal vez ella se había olvidado de cerrar la puerta de la iglesia. O, probablemente, se había abierto por milagro.

Después de explorar la iglesia y de encontrarla vacía, Carmela se supo sola en el edificio religioso y se sintió muy segura. Se acercó hacia la puerta y, como si estuviera en su casa, la cerró.

Luego caminó, por entre las dos filas de asientos, hacia el altar mayor. Allí se detuvo. Parecía decidida a hablar con el dueño de casa.

—Te veo.

No hubo respuesta.

—Te veo, Señor, clarito te veo. Te veo porque lloro, y porque todo se ve detrás de las lágrimas.

Se quedó callada por un instante. Podía acercarse a alguna banca o reclinatorio, pero prefirió estar de pie. Estaba segura de ser escuchada.

—Te veo, pero no te comprendo.

Nadie le respondía.

—¿Tenías que hacer esto?

Tal vez se dio cuenta de que estaba siendo injusta.

—Ya sé que no lo hiciste tú, pero dejaste que ocurriera.

Miró hacia los vitrales y pensó que por allí le iba a llegar la respuesta.

—No te comprendo, Señor. Tal vez por eso te quiero..., pero no me pidas que comprenda.

Se quedó silenciosa otro largo rato como si estuviera escuchando una respuesta..., pero sin comprenderla.

De niña le bastaba con pronunciar el nombre de Dios para comprender el mundo. Ahora ya no sabía si había mundo.

Le habían explicado que el espíritu de Dios flota sobre las aguas y los aires.

—¿Y nosotros? ¿Dónde flotamos?

El sacerdote de su pueblo le había explicado que Dios era un gran silencio. Le había dicho que el mundo habla por Dios.

—¿Mundo? ¿Y ahora dónde está el mundo?

Lloró. Esta vez sí lo hizo. Sabía que allí podía hacerlo. Su madre le había dicho quien todo lo pierde, todavía tiene a Dios.

—¿Mi madre? ¿Tenías que llevártela? ¿Llevártela ahora? Ella me estaba esperando. Ella sabía que yo tenía que volver. ¿Y ahora dónde esta ella?

Miró otra vez hacia todos los rincones.

—¿Dónde?

Se acercó a un reclinatorio y cayó de rodillas.

—¿Tenías que llevártela?

Tal vez el silencio le respondía. Tal vez en esos momentos creyó que Dios era solo un gran silencio y después la calma eterna.

—Dios eres día, eres tarde y eres noche. Dios eres hambre, eres silencio y eres sueño. Dios eres patria y eres ausencia, pero eres sobre todo un dolor como el de los retortijones mal curados.

Pero no te comprendo, Señor. ¿Quién eres? ¿Qué eres? ¿Qué no eres? ¿Dónde estás? ¿Dónde no estás?

Bajó los ojos. Parecía estar indignada con el dueño de casa. Se levantó del reclinatorio y se dirigió hacia la puerta de la iglesia, pero a medio camino se detuvo, volvió el rostro hacia el altar mayor y preguntó:

—¿Y el gato? También permitiste que lo hicieran dormir. ¿Dormir? ¿Hasta cuándo? ¿Hay un cielo para los animalitos?

Con la cabeza inclinada, aguaitó el altar mayor como si tratara de sorprender allí a Dios en algún movimiento.

—No te comprendo —dijo moviendo el rostro de forma negativa. No te comprendo. No te comprendo.

Se acercó a una banca. Tomó asiento. Se tocó la cintura. Se dobló de dolor.

Tal vez pasaron horas. Al final, Carmela se levantó y abrió la puerta para salir.

—No te comprendo, Señor. Quizá por eso te amo. Por eso eres lo que eres, pero eres lo único que tengo.

XXXI

Una sombra camina por San Francisco

Un mes después, tuvieron otra visita. Era Alex, pero llegaba sola. Chuck la vio a través de la ventana.

—¡Escóndete! —le ordenó—. ¡Escondámonos!

Carmela se lo quedó mirando asombrada.

—No estamos para visitas.

Ya era tarde. Alex había asomado la cabeza y golpeaba los vidrios.

El hombre bajó los brazos vencido.

—Hazla entrar.

La joven alta y de largo pelo negro ingresó en la casa y se tendió sobre un mueble.

—Tengo mucha sed. ¿Me invitarían un vaso de agua?

Chuck no sabía qué responder. Carmela intervino:

—¿Preferirías un jugo de naranja?

—¿Y mi hijo? —preguntó Chuck.

—La verdad es que no sé. Me vine sin hacérselo saber.

Mientras Carmela preparaba el jugo en la cocina, Chuck preguntó:

—¿Qué quieres?

Alexandra prefirió ignorar la rudeza de ese trato.

—Los amigos se visitan. ¿No es verdad?

—Es más cortés avisar. ¿No te parece?

—La verdad es que vine a las cercanías por otro asunto y se me ocurrió visitarlos. ¿Por qué? ¿Te causo alguna molestia?

Chuck prefirió no responder. Carmela había traído ya el jugo de naranja. Alex bebió un sorbo y se levantó. Miró hacia la entrada del sótano y se dirigió hacia él.

—¿Hacia dónde te diriges?

—Hacia el sótano. Desde niña, me han gustado los lugares secretos.

El hombre trató de levantarse sobre el bastón ortopédico, pero no lo logró porque el sillón era muy bajo.

—Además, alguna vez soñé con ser detective y entrar en sótanos misteriosos y descubrir llaves prohibidas...

Sin que Chuck lograra detenerlas, la recién llegada tomó a Carmela por el brazo y la hizo acompañarla. Al tiempo, le iba diciendo en voz alta:

—Como sabrás, también soy estudiante de Arquitectura. Me interesa conocer los cimientos de estas casas antiguas.

Era evidente que le simpatizaba Carmela y que deseaba conversar en privado con ella. Se quedaron abajo durante una media hora.

El hombre estaba paralizado. Cuando regresaron del sótano, Carmela le ofreció a su visitante un vaso con jugo de naranja. Ella comenzó a beberlo. Descansó un momento. Se bebió el resto en rápidos sorbos.

—¿Parece que no soy muy deseada aquí?

Lo dijo en un tono más parecido a una afirmación que a una pregunta.

El dueño de casa no hizo comentario alguno. La chica le dio un beso en la mejilla a Carmela a la usanza de los latinos. Cuando se intentaba acercar a Chuck, este le extendió la mano.

El invierno pasó, y también la primavera. Por fin llegó otra vez el verano. El 4 de julio por la noche hubo lluvia de luces en los cielos de San Francisco. Los fuegos artificiales y los cohetes con los que se conmemoraba la independencia estadounidense en las diversas ciudades del Área de la Bahía convirtieron la noche en día. El estruendo podría haber hecho que una guerra de verdad pasara inadvertida o que no se escucharan los balazos de un crimen.

Carmela se acostó muy temprano antes de Chuck que la estaba esperando quizá para criticar su amistad con Alex. Le explicó que, además de sus actividades cotidianas, tenía que cortar el pasto, pintar la casa y cortarle el pelo al mismo tiempo que aplicarle compresas heladas porque en los últimos días se había sentido algo adolorido.

Ella se sumió en un sueño muy profundo y no advirtió que su compañero salía del cuarto donde dormía y, con mucha dificultad, bajaba las escaleras del sótano. Allí él buscó las pistolas, y solo encontró una. Comprobó que estaba cargada y se la puso al cinto. Luego subió las escaleras. La casa se envolvió en el bosque de fuegos artificiales. Nadie escuchó balazo alguno.

A las cinco de la mañana, Carmela partió a San Francisco. Esta vez tenía que ser la definitiva. Sacó la bicicleta montañera que todo el tiempo estaba reclinada sobre el árbol y la puso en marcha. Ni siquiera cerró la puerta del jardín. Sabía que debía avanzar siempre hacia el oeste.

El mapa de su recorrido lo tenía en la cabeza. Lo había encontrado en internet y lo había revisado día tras día, pero no lo había podido imprimir para evitar que Chuck sospechara. Aparte de ello, hacía un mes, no tenía ya ese servicio. Se había memorizado algunos detalles, pero lo más importante para ella era saber que tenía que dirigirse siempre hacia el oeste.

Era una mañana enorme y comenzó muy temprano. A esa misma hora comenzaron a despertar los pájaros con sus gorjeos y revoloteos, y el mundo se llenó de vida. Incluso los helechos que bordeaban la carretera parecían vivir y conversar.

Al comienzo, no tuvo que pedalear demasiado porque avanzaba en declive y le bastaba con dejarse llevar. A media hora de viaje, la carretera tomó rumbo al norte y continuó. En otra curva volvió hacia el este. Si continuaba, iba a volver al punto de salida.

Por ello prefirió cruzar el inmenso parque a lo ancho. Lo más importante era viajar hacia el oeste, y el oeste era el lugar por donde crecía su sombra. De pronto algunas nubes se asomaron al cielo de la bahía y le hicieron temer que todo se pusiera oscuro y que de esa manera perdiera el rumbo.

Por fin llegó a la calle Broadway de Oakland, y se dio cuenta de que estaba en el camino. Obedeciendo el mapa de sus recuerdos, torció hacia la izquierda y avanzó hasta llegar al lago Merrit. Ese era su primer punto de referencia. Allí tenía que encontrar la casa en que había vivido Jack London, y así fue.

Se detuvo un instante para observar la pequeña cabaña en que había vivido el célebre autor. Se lo imaginó escribiendo *El llamado de la selva*. La vista del lago y los espléndidos paisajes californianos le había bastado para diseñar el fondo de su novela que fue la primera que Carmela leyera en su vida. Su padre se la había obsequiado cuando cumplió los 10 años de edad.

Quiso reemprender la marcha, pero la vida del escritor socialista la fascinaba. ¿Sería allí donde había escrito *La guerra de clases* y *Revolución*? ¿Sería allí donde escribió sus manifiestos para lanzarse candidato a la alcaldía de San Francisco?

En ese momento llegó una nube de avispas, y se dio cuenta de que si volvía a la bicicleta, iban a acabar con ella. Entonces, pensó con todas sus fuerzas en Jack London. Creía que los escritores eran magos e imaginó que aquel salía de la cabaña, levantaba una mano y las avispas se detenían en el aire para después regresarse al infierno del cual habían surgido. Al instante, la odiosa nube se evaporó.

La bicicleta la aguardaba como si fuera un caballo y le permitía guardar en el asiento trasero algunas provisiones para el camino. Carmela tocó el manubrio con cariño, constató la dimensión de las llantas y comenzó hablar con ella, a decirle que le gustaba mucho y que nada malo les iba a ocurrir. La bicicleta parecía escucharla.

Tomó luego la calle Water y llegó hasta el Embarcadero.

Entonces ocurrió algo que no había calculado. En internet se le indicaba que de allí zarpaba un *ferry* hacia San Francisco, pero creía que ese servicio era gratuito. Se acercó a la ventanilla donde ofrecían los servicios del barquito y descubrió que todo lo que promocionaban era *tours* hacia diversos lugares de San Francisco y que el más barato costaba 39 dólares con 50 centavos. No iba a poder viajar.

Se quedó un buen rato mirando hasta que se le acercó un empleado de la compañía.

—¿Adónde quiere usted que la llevemos?

Antes de que contestara, el hombre insistió.

—¿Quiere usted ir a Chinatown?... Le recomiendo Chinatown
.

—No. No, precisamente.

—Entonces, le recomiendo el Barrio Italiano.

Carmela siguió haciendo señas negativas con la cabeza.

—¿Qué le parece la Misión Dolores? Recuerde que fue allí donde el padre Junípero Serra fundó la ciudad en 1776. ¡Pobre sacerdote! Estaría muy cansado. Recuerde usted que los misioneros fundaban un pueblo luego de un buen día de camino a pie.

Ella sonrió. El hombre enumeró luego la isla de Alcatraz, la península de Marin, los tranvías tirados por cable, la calle Lombard, Union Square y Fisherman's Wharf, entre otros lugares turísticos.

Por fin, algo preocupado, preguntó:

—Está usted pensando en tomar un *tour* con nosotros, ¿no es así?

—No.

—¿No?

—No, en realidad lo que pensaba era cruzar de orilla a orilla. No estoy interesada en tomar un *tour*.

El hombre se la quedó mirando y sonrió después.

—¿Inglesa, presumo?... Ese acento. Tiene que ser inglesa.

Antes de que ella pudiera responder, el hombre añadió:

—Hable usted con el almirante. Voy a llamarlo.

El hombre que bajó del *ferry* para hablar con ella era un gringo muy alto. Su barba, y su ropa hacían de él un personaje de la época de la Guerra de Secesión.

Llevaba puesta una gorra de marino. Miraba de costado, como miran en las pinturas viejas los almirantes.

—¡Así que no quiere usted viajar a Chinatown ni al Barrio Italiano! —comentó.

No esperó la respuesta.

—Usted no es una turista. Se nota que no lo es —dijo sonriente.

—¿Por qué lo dice?

—Porque usted no necesita viajar.

—Y entonces, ¿por qué viajo?

—¡Quién sabe!... A lo mejor, está soñando.

Carmela se preguntó qué otro *tour* pensaba venderle el almirante.

—Ninguno —dijo el tipo como si le hubiera adivinado el pensamiento. Añadió—: A lo mejor, estoy aquí solo para indicarle que su pesadilla está terminando.

De forma alternativa los ojos de Carmela pasaron del *ferry* al almirante y del almirante al *ferry*.

El hombre sonrió.

—No, yo no viajo. Me limito a conducir.

—¿Vive usted en su barco?

—¿Me está usted preguntando si soy Queronte?

Por toda respuesta, Carmela sonrió. No, no se había imaginado que el barquero de los muertos se pareciera a ese gringo desgarbado y lleno de paradojas.

—Para decirle la verdad, no sé si soy Queronte. Me limito a transportar a los viajeros, y no sé adónde van ellos. Tal vez van al infierno. Tal vez a la gloria.

Carmela volvió a decirle que todo lo que deseaba era pasar de una orilla a la otra.

—Lo sé. A usted no le interesa hacer turismo.

—En este momento de mi vida no.

—Y tiene toda la razón.

Carmela no sabía adónde llevaban todas las elucubraciones del almirante. Se dio cuenta de que vivía en su barco, que no visitaba el resto del mundo y que necesitaba encontrar personas como ella para darle a conocer su filosofía. Se dio cuenta de que estaba tan solo como ella. Su gorra de marino parecía de bronce. De bronce, su larguísimo cuerpo y sus barbas. Como una estatua. Como una solitaria estatua.

—¡Misterios! ¡Misterios! ¿Cree usted en los misterios? —preguntó el almirante—. El hombre es un misterio que se ve.

Carmela miró su pequeño reloj para saber si se le estaba pasando el tiempo.

El almirante le dijo:

—Suba con su bicicleta y no se preocupe. La casa no cobra hoy por ese servicio.

Zarparon seguidos por unas gaviotas enormes. Poco después, estaban en la otra orilla.

Allí Carmela, más feliz que nunca, asió de los mangos su bicicleta y descendió de la nave. Buscó con los ojos al simpático empleado de la compañía para agradecerle, pero no pudo encontrarlo.

¿Adónde dirigirse entonces en ese momento? Levantó la cabeza por encima de la línea de edificios del horizonte y, de inmediato, lo supo. Allí detrás se encontraba el edificio de Transmerican.

Saliendo del embarcadero, Carmela caminó siempre llevando la bicicleta por el manubrio hasta la calle Market. Para su sorpresa, allí estaba el hombre-sándwich que se le había acercado en el tren para darle consejos contra San Francisco. Prefirió ignorarlo y continuó caminando, pues su destino en ese momento era la pirámide de Transamerican. En el camino se le acercó una señora.

—Parece usted latina —le dijo en español.

—Soy colombiana —repuso Carmela contenta de encontrarse con alguien que hablaba su mismo idioma.

—¿Y qué la trae por esta tierra si se puede saber?

Carmela no sabía qué responderle. Además, no entendía cómo la señora podría ser tan preguntona.

La mujer se respondió a solas:

—Probablemente, la curiosidad. Es una buena razón.

Carmela comentó:

—¡La curiosidad! ¡Podría ser!

—Ese es el caso suyo, ¿no?

—No lo creo.

La mujer resultó ser una mexicana muy simpática y muy habladora, y la invitó a tomar un café. Carmela consultó su reloj y descubrió que tenía tiempo de sobra. Además, necesitaba descansar un rato. Entraron al primer McDonald's y su nueva amiga pidió una hamburguesa para cada una de ellas.

—¿Te sirves también un café o prefieres una soda?

No era eso lo que esperaba Carmela, pero no se rehusó. En verdad, tenía un poco de hambre.

Nunca había visto Carmela tanta gente rolliza como la que encontró en esos momentos. Se sentía como Gulliver en el país de los gigantes gordos.

La señora se presentó:

—¡Me llamo Guadalupe. Gua-da-lu-pe — silabeó.

Se rió de sí misma.

—¡Qué tonterías! Te silabeo mi nombre como si fueras güera y no pudieras pronunciarlo. Pero puedes llamarme Lupe. Lupita, para ti.

Preguntó Lupita:

—¿Dónde vives?

—No lo sé.

Calló Lupe e hizo gesto de que entendiera.

—Si no quieres decirlo, te comprendo.

—La verdad es que no puedo decirlo porque creo que ya he comenzado a olvidar mi dirección. Digamos que vengo de Oakland, de un lugar cerca de Oakland.

—Eres muy sincera. Debo darte un buen consejo: no lo seas.

Se le acercó algo más y con una voz muy queda le preguntó:

—¿Estas buscando a alguien?

—No lo creo.

—¿Entonces hay alguien que te persigue?

—No lo sé.

—Has llegado hace poco, ¿no es cierto?... Y no sabes de qué forma salir de un tremendo error que has cometido —añadió—: ¡Le pasa a todo el mundo! ¡Todo el mundo comete errores!

Carmela declinó el obsequio.

La mujer le dijo:

—No te estoy pidiendo nada por ellos. Tú los necesitas.

Carmela no supo de qué conversaban porque fue tan solo su ocasional amiga la que habló duramente mucho rato. Le reiteró que también era inmigrante y le dio a entender que había sufrido mucho en su adaptación.

—Todo esto va a pasar, Carmela. A lo mejor, ya se ha terminado y tú todavía no lo adviertes. Mírate..., has logrado salir del lugar donde estabas. No todo el mundo lo logra, ¿sabes? Hay quienes se pasan la vida pensando en una fuga. En cambio, tú ya te has marchado... y ahora ya no tienes posibilidad de regreso.

Lupe le agregó dos pequeños dados de azúcar a su café.

—Hay también quienes se mueren aquí —dijo.

Carmela pensó que tal vez eso era lo mejor que podía pasarles.

—No creas que es lo mejor. A veces se mueren y no se dan cuenta de que están muertos.

Después de decir eso, Lupita aseveró que el clima estaba cambiando en San Francisco.

—¿Y un difunto cómo hace para saber que está muerto? —dijo Carmela en tono de broma.

—¡Anda tú a saber, hijita!... En mi tierra dicen que los difuntos no usan zapatos.

Ambas ensayaron una risa nerviosa. En un momento en que Lupita estaba distraída, Carmela se miró los pies. Felizmente estaban cubiertos por el caliente calzado que alguna vez comprara en Bucaramanga.

Lupe advirtió su preocupación. Quiso tranquilizarla:

—¿Qué te hace pensar que todo esto no ha sido sino un mal sueño?

No contestó Carmela. Se dio cuenta de que el tiempo se estaba pasando y se lo dijo. Se despidieron. Ambas comenzaban a evaporarse.

—Solo un consejo. Recuerda todo lo que te ocurrió. No te comas ni un detalle. Cuando seas feliz, mírate en un espejo y cuéntate todo esto.

Al final, la mujer tomó los billetes y los introdujo en el bolso de Carmela:

—No me los devuelvas porque me insultarías.

Ambas miraron la salida del McDonald's. Las nubes en ese momento habían ocultado al sol.
—Es conveniente que sigas tu camino.

—¿Y usted?

—No te preocupes por mí. Yo no vivo aquí. En realidad, no vivo en ninguna parte —dijo la mujer. Después se fue desmaterializando.

Carmela volvió a tomar su bicicleta por el manubrio. Todavía le quedaba un largo camino por recorrer.

Sola otra vez, tomó Washington Street y de allí otra vez a la izquierda en Sansome, y se quedó asombrada contemplando la gigantesca pirámide que allí se alzaba.

Luego el sol comenzó a mostrarle, con claridad, su camino. Debía seguir la sombra que proyectara Transamerican. A partir de allí no iba a pedalear debido al intenso tránsito de vehículos motorizados.

Avanzó hacia el norte en Sansome con dirección a la calle Merchant. Allí torció hacia Washington, y por fin se encontró en la avenida Columbus.

A través de los edificios de San Francisco se filtraba un viento frío. A pesar de que era verano, los habitantes de la ciudad vestían ropas invernales y parecían estar obligados a usar un uniforme negro. Pensó que ese era un momento mejor para dedicarlo al descanso. Ya había pedaleado y luego navegado y por fin caminado durante casi todo el día. Ahora, en la avenida Columbus, admiró los cafés donde solían pasarse el día en otro tiempo los miembros de la generación de los Beatniks y sonrió.

Pensó que en otra ocasión le habría encantado pasar una hora en uno de esos cafés, pero luego torció hacia la izquierda y avanzó hacia el bulevar Cervantes. De allí pasó hacia el bulevar Marina, que fue su nuevo recorrido durante más de tres kilómetros.

Pronto se encontró en el bulevar Lincoln y desde allí torció para llegar a la carretera Battery. Después, ya no fue necesario que nadie en el mundo estuviera a su lado para señalarle el lugar en el que se encontraba. Enfrente de ella, pintadas de rojo sobresalían las estructuras prodigiosas del Golden Gate, el puente más famoso del mundo.

Allí recordó que los 67 metros de caída le toman a quien salte desde el puente unos cuatro segundos y que el suicida toca el agua a 120 kilómetros por hora. ¿Qué haría Dios en esos momentos?, se preguntaba. A ella tal vez le había llegado la hora de ser libre. Otras personas serían esclavas para siempre. ¿Quién fabricaría los destinos de esas personas?

Ahora le tocaba ascender la colina. Supo que una y otra vez en la vida estaría caminando hacia el cielo. Mientras más caminaba, menos le pesaba la bicicleta, un hecho que desafiaba las leyes de la gravedad porque estaba de subida. Le pareció también que la iglesia estaba cada vez más lejos, o que se alejaba para hundirse en las nubes.

El sol caminaba siguiéndola, y cuando ella no le hacía caso rebotaba y se le ponía en frente.

Ese fue el momento en que una niña que iba con su abuelo la vio y dijo:

—Abuelo allá arriba se ve a mi abuelita.

—No hijita ella, ya está en el cielo.

—No, en el cielo no está todavía. Está subiendo al cielo en bicicleta.

La tarde del 5 de julio, al día siguiente de las celebraciones patrias, Carmela era la devota sentada en el suelo muy cerca del altar mayor de Saint Mary of the Asumption. El sacerdote pareció no haberla visto, pero se hizo a un lado y no tropezó con ella. Si la hubiera mirado un poco, habría advertido el peligro. Con los brazos extendidos y la cabeza baja, la mujer sostenía un revólver entre las dos manos.

Por la gran puerta, todavía abierta a las cinco de la tarde, la luz anaranjada penetró en la catedral. Era el sol, y fue a posarse sobre la cabeza de la mujer. Aquella había cerrado los ojos con fuerza como hacen los difuntos para no despertar asustados bajo tierra ni tener sueños malos en la otra vida. Quizá se quedó dormida.

Una joven de pelo negro, casi fosforescente, entró en momentos en el templo, se acercó a Carmela y la ayudó a levant. Luego extrajo una bolsa plástica y depositó en ella el arma.

Era Alexandra, tan inteligente y bella como la Alexandra Borgia de la televisión, o tal vez era la propia Alexandra Borgia.

—Ya no es necesario que me disfrace de monja —dijo. Felicitó a Carmela por el valor que había demostrado en todo ese tiempo—. Continuaste viviendo al lado de ese hombre. Sabías que, a cualquier hora de la noche, podía él salir de su cuarto e ir a buscarte. Todo lo hiciste para cumplir con lo que te pedíamos. Localizaste sus *e-mails* y toda su base de datos, ubicaste la ropa de las mujeres que secuestró antes y ahora nos traes el arma del delito. La Fiscalía tiene pruebas suficientes contra él. Pronto se descubrirán los cadáveres. Este tipo de criminales los guarda siempre muy cerca, probablemente en el jardín, como trofeos.

Carmela levantó la cabeza con una sonrisa esplendorosa.

Todo tenía la atmósfera de un sueño. Ni Alexandra ni ella pisaban la alfombra de la iglesia. Se deslizaban a medio metro de altura. La Virgen María pasaba volando y les sonreía. El color del sol se convirtió en oro líquido, y los dedos de ambas estaban manchados de purpurina.

—La Fiscalía ha conseguido que se te otorgue asilo por violencia doméstica. A él ya lo han detenido, y está cantando como un tenor. Dice que anoche no intentó matarte. Los días 4 de julio suele sacar una de las pistolas y hacer disparos al aire para conmemorar la independencia del país.

Bajaron por la colina. San Francisco, desde allí, era un solo fulgor. Las dos mujeres caminaron hacia el *downtown*. Las leyes de la noche las transformaron en dos luces. Caminaban como dos almas o como dos sueños.

Caminaban como si fueran reales, pero no lo eran. Eran sueños. Solamente eran sueños. Carmela había pedaleado mucho a través del

mientras escapaba de la casa de Chuck, había conducido
ɔr lugares donde no existían las pistas adecuadas. Había
ɹo el mar en un *ferry*. Después había seguido caminando,

Por eso se había quedado dormida frente al altar.

Cuando se disipó la atmósfera del sueño y Carmela despertó, una
monjita real estaba a su lado, y no se parecía a nadie de la televisión. Ya
no estaba a su lado Alexandra Borgia de *Law and Order*, ni ella misma era
era C. J. Cregg, la secretaria de prensa del presidente Martin Sheen.

La monjita era la misma que conociera en la parroquia del barrio
de Chuck y la que le había ofrecido ayudarla. Ella misma se encargó de
llevarla hasta la oficina parroquial y le invitó un café con unos *donuts*. Le
prestó el teléfono que requería para sus llamadas y, cuando logró
conectarse con la familia que le iba a dar un trabajo y un lugar donde
vivir, le entregó un tique para que pudiera viajar en el tren subterráneo y
llevar la bicicleta con la mano. Carmela le agradeció, dio dos pasos fuera
del templo y se perdió en la noche de San Francisco.

Breinigsville, PA USA
22 February 2011
256170BV00004B/8/P